追放からはじまるもふもふスローライフ

レヴィ
ニルヘム村で植物園を営む謎の男。
慈善家として知られており、
魔物に襲われた村を助けて回っている。
植村花純
突然異世界に来てしまった、
元・園芸店員。冒険者の仲間と
旅をしていたが、花を咲かせる魔法しか
使えずパーティを追い出された。
レヴィの強い求めから、
彼の植物園で働くことに。
アズ
植物園に住む謎の巨大兎。
料理が得意で、
ちょっと食いしん坊。

カーリン
ニルヘム村に住む少女。
ベーテルの妹。
ベーテル
ニルヘム村の村長の息子。
次期村長となる予定。
シャマーラ
聖教会の巫女。
とある目的で花純に
接触しようとして……？
リヒト
花純を追放したパーティのリーダー。
魔物を憎み、いつか勇者となるべく
旅を続けている。
CHARACTERS
登場人物紹介

プロローグ　突然の追放宣言

「花純《かすみ》、おまえとはここでお別れだ」

春の早朝、朝露を含んだような艶《つや》やかな銀髪を輝かせながら、リヒト――冒険者パーティのリーダーである彼は、私にそう告げた。

この日私たちは、森を抜ける少々危険な街道を通り、次の村に向かう予定だった。

魔王が住まうという死の山から近いこの地域は、魔物がよく出現するので危険がいっぱい。気を引き締めてかからねば。私は不安と恐怖で震えながらも、何とか自分を奮い立たせていた。

けれど、それはいらぬ心配だったのだ。

「……別れ？　え？」

なんのことを言っているのだろう。別れって、誰と、誰が？

言葉の意味がわからず、私はただ彼を呆然と見返すのみ。

そんな私の鈍さがリヒトを苛立たせたのだろう、彼の整った顔が曇《くも》っていく。

そういえば出会った頃よく見たリヒトの柔らかい微笑みを、ここしばらく見ていなかったな。

そんな現実逃避のようなことを考えながら、彼の次の言葉を待っていた。

「もう一度言う、花純。おまえをこの先の旅には連れていけない、俺たちはおまえを除いた四人で発《た》つ。これは決定事項だ」

私に、選択権はないらしい。

そしてリヒトは私など見たくもないのか、そっぽを向き、なぜ私を連れていけないのかを言い連ねた。

「俺たちは、魔物を倒すために旅をしている。だが魔物を倒すどころか、仲間の補助すらできない花純は、足手まといだ。この先は魔物の数が増え、凶悪さも増すばかりだというのに、花純を守りながらでは、いつか誰かが命を落とすことになりかねない」

私は一言も反論できなかった。だって彼の言うことはすべて事実なのだから。

わかってた。でも……

「でも、私の魔力量は膨大だから、いずれ必ず役に立つから一緒に来てほしいって言ったのは、リヒトじゃない！」

そう。だから私は、彼《リヒト》と彼の仲間たちとともに、この半年の間、一緒に旅をしてきた。

とても危険な旅だった。日々、各地に湧いて出てくる魔物に対応するため、移動に次ぐ移動、そして戦闘。魔法剣士であるリヒトだけでなく、魔法使いのサヴィエや弓使いのリカルド、そしてヒーラーであるアリエルさえ、ここのところ怪我が絶えない。

でもだからといってこんなに突然、一人置いていかれることになるなんて。

「確かに花純の魔力量が誰よりも多いのは認める。いつかは花純も俺たちと同じように、立派な冒険者になれるだろうと、そう考えていたのは事実だ。だが、結局のところ花純が使えるようになった魔法は、ひとつだけだったろう？」

「そ、それはそうだけど。でも、一生懸命努力する私にリヒトだってはげまされるって……」

そんな私が好きだって、言ってくれたあれは？

私の食い下がりに、ついにリヒトは声を荒らげる。

「俺たちは魔物を倒す旅をしてるんだ、行く先々でお花畑をつくるためじゃない！」

私は返す言葉が見つからず、俯《うつむ》くしかなかった。

そうなのだ。私がこの半年間、どんなに頑張って魔法を覚えようとしても、習得できた魔法はただひとつ——花を咲かせること。

そりゃあね、私だって悩んだよ？　花咲かじいさんじゃあるまいし、異世界に来てまで何をやってるの私、って。

でもしょうがないじゃない、それしかできないんだもの！

私は心の中で、そう叫ぶしかなかった。

リヒトは、とても強い信念をもって、魔物を狩る冒険者をしている。

彼は幼い頃に生まれ育った村を魔物に襲われて、家族を亡くしていた。だから誰よりも魔物を憎み、魔物に怯えることのない世の中を作ろうと、日々努力を惜しまない。そんな人だから、膨大な魔力を持て余す私をふがいないと思うのは、仕方がないかもしれない。

「わかったわ……言うとおりにする。その代わり、待っていてもいい？　あなたの帰りを」

リヒトが言う通り、私は役立たず。

そんなことは自分でもよくわかっていた。だからこそ、せめてできることを、と思ってどんな土地でも彼らのために食事を確保してきた。花を咲かせる魔法を応用して、食べられる果物や野菜を収穫したし、それでなくとも料理や身の回りのことも率先してやってきたのだ。

冒険者として彼を支えられなくとも、いいお嫁さんにはなれるんじゃないかって思うの。

けれども答えたのは、リヒトではなく仲間の一人、アリエルだった。

「待たなくていいわよ。彼はあなたのもとに帰ることはないから」

「……え？」

アリエルの言葉に耳を疑い、問いただそうとリヒトを見上げるが、彼は厳しい表情のままだった。

「俺は数多《あまた》いる冒険者のなかの頂点となり、魔王討伐を任じられる勇者を目指す。それは厳しい道のりだろう」

「……勇者？」

リヒトと私を隔《へだ》てるように、アリエルが割って入った。

「勇者とは、聖教会が認めた者のこと。リヒトならきっとなれるわ。彼が勇者となって魔王を倒せば、この国を……いいえ、世界を救う英雄となるでしょう。そんなリヒトに、自分がふさわしいと本気で思っているの？」

「でも私、リヒトのことを」

縋《すが》りつこうとした私の手を、リヒトは振り払う。

「さよならだ、花純。冒険者として再び会うことはないだろう」

「ま、まって、リヒト！」

どういうことかと問い詰めたいけれど、彼は踵《きびす》を返してしまった。

諦めきれずに手を伸ばす私の前に、再びアリエルが立ち塞《ふさ》がる。

「アリエル、どいてお願いっ！」

「本当に愚図《ぐず》なのね、あなた。そんなに死にたいの？」

「……アリエル？」

どうしたっていうの？　あんなに優しかったあなたが、そんなことを言うなんて……

「はっきり別れを告げてくれた、リヒトの思いやりを理解なさい。あなたを追放することに私たちも同意した。これは皆の総意よ」

彼女からも突き放され、私はへなへなと膝から崩れ落ちた。

「じゃあ、本当にお別れなの？」

遠ざかるリヒトは、こちらを振り返るそぶりすらない。静観していた魔法使いのサヴィエも、リヒトの後を追っていった。私にはまったく関心がないのだろう。

仲間としても、優しくされて芽生えたこの淡い想いも、すべて拒絶されてしまった。

「花純の事情には同情するけれど、あなただって命が惜しいでしょう？　あとはここで暮らそうが、違う仲間を探そうが自由よ、好きにするといいわ」

「好きにすればって……それはいくらなんでも」

見上げると、アリエルの微笑みは冷たく、歪《ゆが》んでいた。彼女の口から出た同情という言葉が、本心からくるものではないとわかる。

リヒトはギリシャ神話に出てくる神々の彫刻のような整った顔立ちだが、一方アリエルは、宗教画でみる天使のように可憐だ。けれどその純真そうな顔には、憐《あわ》れみすら見えない。

私に手を差しのべてくれた優しいアリエルは、もうどこにもいなくなってしまった。

「ねえ、話はついた？　そろそろ発《た》たないと」

遠巻きに私たちを見ていた弓使いのリカルドが、アリエルに声をかける。

「終わったわ。今行く」

「……アリエル」

アリエルを引き留め、私は膝が震えるのを堪えながら立ち上がると、小さく頭を下げた。

「リヒトに……他の皆にも、これで本当に最後なら伝えて欲しいの。今まで助けてくれてありがとうって」

こんな状況じゃ、もう彼女しか告げる相手はいない。

いったん頭を下げると、じんわりと涙が滲《にじ》みそうになる。けれど歯を食いしばって耐えた。

泣いた顔なんて見られたくない。これ以上惨めな想いをしたくなかったから。

それくらいの意地は、許してほしい。

「……じゃあね」

頭上から小さく聞こえた声を最後に、仲間たちは二度と振り返ることはなかった。

こうして、私は一人になった。

私、植村《うえむら》花純、二十歳、元園芸店の店員。魔力は膨大だけど、使えるのは花を咲かせる魔法だけ。トリップした異世界で冒険者になるも役立たずと認定され、半年でパーティを追放されてしまいました。

そして……どうやら失恋したようです。

第一章　チコル村の姉弟

私が置いていかれた場所は、チコル村という、都からずいぶん離れた辺境の村だった。

ここから人の多い都市へ移動するには、それなりに手間と時間がかかる。それでも、商隊に同行させてもらえれば、私でもなんとか近くの街へたどり着くことはできるだろう。

そう考えるとこの村――街道の果ての地での別れは、リヒトのせめてもの情けだったのかもしれない。彼らパーティが向かった先には、まともな道すらないのだから。

とはいえ、私の所持金はほんのわずか。街まで出る計画は綿密に練らないとね。

私は街道沿いの石垣に座り、お財布の中身を出して、金額を確認する。

「銀貨二枚と、銅貨十枚か……」

これは万が一、仲間とはぐれた時に困らないようにと、旅をはじめた頃にリヒトが持たせてくれたお金だ。三日分の宿代と、食事分程度になるらしい。

これだけあればもし一人になっても安全な村の宿で仲間を待つか、他の冒険者を雇うかできる。だから肌身離さず持っているようにって。

そんなリヒトの優しさに感動して、素敵な人に出会えた幸運に感謝したっけ。それなのにその仲間に捨てられたのだから、ため息しか出ない。

「はあ……どうしてこんなことになったの」

そもそも私は、日本の小さな園芸店で働く店員にすぎなかった。

花を育てるのが好きで、高校を出て勤めはじめたお店で花の勉強をしながら、忙しいながらも充実した日々を送っていた。

だけど休みの日に訪れた公園で、咲き乱れる花に見とれていた時だった。あんまり気分がいいからちょっと目を瞑《つむ》って伸びをした。そうして次に瞼《まぶた》を開けた時にはもう、この世界に立っていた。

世界を越えたのは恐らく、一瞬のこと。瞬《まばた》きしたわずかな時間。

私が立っていたのは花咲き乱れる公園ではなく、うっそうと木々が茂る薄暗い森の中だった。

最初は、夢でも見ているのかと思った。

けれども何度も目をこすったり、頬をつねったりしても元の景色に戻ることはなかった。

その時、私をとり囲む茂みががさがさと揺れだした。

もうほとんどパニックを起こしていたと思う。

そんな私のもとに現れたのが、リヒトだった。

『こんなところで何をしている？　死にたいのか？』

そう言いながら剣を抜いた彼は、私の背後めがけて振り下ろし、熊のごとき魔物を一刀両断した。

すごく驚いたけれど、現実離れしたその状況のなかで、私は不覚にも彼に見惚《みと》れていた。

それからリヒトは、腰を抜かした私を抱えて近くの村まで連れていってくれた。重いだろうから自分で歩くと言っても、下ろしてくれなくて。何これ、今度こそ夢なんじゃないかって……だって近くで見るリヒトは、まるでおとぎ話の王子様か、神話に出てくる英雄かと思えるほど美しかったから。

近くの村の宿で落ち着いたところで、私はようやく自分に起きたことを悟った。

異世界トリップ。

まさかそんなことが本当に起こるもの？

しかしこれは現実で、この世界にはゲームの中の世界のように、魔法があって、魔物がいた。トリップした場所はラドリエル王国というのだと教わった。

もちろん驚いていたのは私だけではない。偵察に出たリヒトが素性の知れない私を連れ帰ったので、魔法使いのサヴィエは当然警戒した。一通り彼から尋問を受けたけど、私が素直に応じれば応じるほど、彼の切れ長の目はつり上がるばかり。それをなだめてくれたのは弓使いで最年少のリカルド。アリエルは、同じ女性だからか私の服装に興味津々で、リヒトはずっとニコニコしていた。

後で知ったのだけれど、リヒトはこの時、嬉しくて仕方がなかったのだそう。

リヒトは人の能力をおおよそ感知できるらしく、私の中に秘められた膨大な魔力に気づいていた。

だから私が何者であろうと、必ず新しい旅の仲間にしよう、そう決めていたのだって。

その後、リヒトに推されて、私は彼らの旅の仲間になった。

そんなかつての自分を思い出していると、ぐう、とお腹が盛大な音を立てた。

「お腹、すいたぁ……」

ぐだぐだと悩んでいるうちに、太陽は真上にきていたみたい。どんなことがあってもお腹は空く自分は、案外図太いのかもしれない。

私は握りしめていたお金を財布にしまって立ち上がり、街道を隔《へだ》てて村とは反対側にある森へ向かった。

用心深く周囲を見回し、人の手が入っていないうっそうとした草を踏み分け進む。

しばらく歩いた先で、見覚えのある木を見つけると、幹にそっと手をそえて目を伏せる。

「あった、これこれ」

今は葉が少ししか残っておらず、次に咲かせるだろう花芽すら見えない。だけどその木が黄色く大きな花を咲かせる姿を、頭のなかでイメージする。

目を開けると、木の枝に黄色い花が咲き乱れていた。

ここまでくれば、あとは簡単。花から実へ、大きく熟すのを助けてあげればいい。

再び集中すると、イメージ通りに、萎《しお》れた花弁の根本が膨らみ、赤く熟した実となる。

これこそが、私にできる唯一の魔法。

花ならいくらでも咲かせることができる。その花をもう少し成長させ、実を結ばせるのはちょっと難しかったけれど、それも旅のなかで習得した。

……それでも結局、捨てられてしまったけれど。

私は暗くなる気持ちを吹き飛ばすように、根本に近い枝に足をかけて、手が届く範囲の実をもぎ取った後、ひとつだけ食べることにした。

「いただきまーす」

ナイフで皮をむき、みずみずしい実を一口かじる。

「甘い……」

ニッコスの実――リヒトと一緒に、何度も食べた果物だ。

はじめて食べたのは、思うように彼の役に立てず落ち込んでいた時だった。

甘いものを食べて、ゆっくり休んで、また明日から頑張ろう。そう言ってリヒトは私に胸を貸してくれたっけ。いつまでも待つから、焦らなくても大丈夫と……

思い出すと、辛さのなかにもいまだ温かいものがこみあげるのに気づいた。そうとう重症だなぁ。

やるせなさを誤魔化すように、私は再び実にかぶりつくが、食べ進めることができなかった。

ニッコスは栄養価が高く、まるでマンゴーのような味でとても美味しい。それなのに……

食べかけの実を置き、急いで森を出ることにした。

森の外れとはいえ、甘い果実の匂いに誘われて、すぐに小動物がやってくるだろう。採りきれなかった分は、彼らへのおすそわけだ。そして動物たちが集まれば、魔物が現れる危険も増す。

私は残りの果実を鞄にしまい、辺境の村チコルに入った。

ここでいう辺境とは、国の端とか深い山々に囲まれているとかの、生易《なまやさ》しいものではない。

この村から森を突き進んだ先には、魔王が住まうと言われる禍々《まがまが》しい『死の山』がある。その山の影響を受けて、ここらの森には凶悪な魔物が、たくさん巣食っている。昔はここにもたくさんの人が住んでいたが、年々魔物が勢力を増してきたため、皆去っていった。そういう意味での辺境なのだ。

まったく人がいないわけではないけれど、衰退の一途らしい。

そんな事情もあり、この辺りの村には普通の旅人がいない。わざわざ訪れるのは商人か冒険者くらいだ。だから宿の部屋は魔物を討伐してくれる冒険者にしか提供していない。昨日まではリヒトたちと一緒だったから泊まることができた。けれど私だけで利用できるかどうかは疑問だ。

とはいえ野宿などもっての外《ほか》。私は昨晩泊まった宿を訪れ、交渉してみることにした。

「あんたが昨日の冒険者の一人だったのはよくわかっているよ、でもねぇ」

宿を管理しているおばさんは、予想通り困り顔だ。

「そこをなんとか。食事も出してもらわなくていいです、素泊まりでいいので」

「そうかい？　それじゃ村長に一言断りを入れてくるから、待っていてくれる？」

「はい、よろしくお願いします！」

おばさんがカウンターから出てきて、宿の隣に建つ村長さんのお屋敷に向かう。その姿を見送りながら、ほっと息をつく。

物怖じせずに頼んでみてよかった。これから身の振り方を考えるのも、前向きになれそう。

けれども、現実はそう上手くいかないということを、すぐに思い知ることになる。

戻ってきた宿のおばさんは体格のいい男性たちを五人ほど引き連れており、待っていた私にこう告げたのだ。

「ごめんよ、お嬢さん。悪いんだけど、やっぱりうちでは泊められなくなってね……」

彼らの装備などを見れば、この村に到着した新たな冒険者だということがすぐにわかる。

「悪いねぇ、でも行くとこはあるかい？」

おばさんが憐《あわ》れむようにそう尋ねると、後ろにいた男性の一人が、私に気づいた。

「何、先客が……あれ、きみってもしかしてリヒトたちの？」

どうやら私を知る人らしく、驚いた顔をしている。私は彼らのことを知らないけれど、リヒトは冒険者として有名だ。そこにくっついていた能なしの私だもの、知られていたとしてもおかしくない。

そしてもう一人が仲間の言葉を受けて言った。

「リヒト？　あいつらまだここに居たの？」

私はとっさにフードを被り、顔を隠した。

「人違いです、おばさん、それじゃ私行きますね」

「あ、ちょっと？」

私はおばさんの声も無視し、宿を飛び出した。

旅の埃《ほこり》を落としていた残りの冒険者たちが、どうしたのかと振り返る。そんな視線から逃げても、すぐに私が置いていかれたとバレるのはわかってる。

でも今は誰にも、そのことについて触れてほしくなかった。


宿を飛び出したものの、もちろん行くあてなどない。

とぼとぼと歩きながら、村の小さな商店が並ぶ中通りに来ていた。あるのは日用品と食品店、それから鍋や刃物を扱う店くらい。それ以外のものが必要なら、朝市なんかで旅の商人が開く露店から買うことになるらしい。

商店が並ぶ前には、小ぢんまりとした広場があり、休憩している老夫婦や追いかけっこしている子供たちなどでにぎわっていた。

そこの端に腰をおろして、小さくため息をつく。

するといくらもしないうちに、声がかかる。

「どうかしたんですか？」

誰も私なんか気にもとめていないと思っていた。

だから、ここに座ったのが邪魔だったかしら、そう思いながら顔を上げると、私と同じ年くらいの若い女性が、心配そうな顔でこちらの様子をうかがっていた。

「ごめんなさい、具合でも悪いのかなって思って声をかけたんだけど……」

「おねえちゃん、お腹空いてるの？」

女性のそばには、十歳くらいの男の子。姉弟だろうか。

男の子の言葉を受けて、女性が「ああそれなら」と腕にかけていた籠《かご》から紙包みを取り出し、私に差し出してくる。

「これ、少ないけどよかったら食べて？」

「え？　わ、私に？」

驚いて聞き返すと、女性も男の子も、笑顔で頷《うなず》く。

「じゃ、じゃあ、お金なら持っていますので払います」

カバンからお金を出そうとすると、女性は私の横に来て、私の手を取って包みを押し付ける。

「いいのよ、お金が欲しくてあげるわけじゃないから。それに食べ物は、食べられる時に食べておくものよ」

「そうそう、お姉ちゃんが作るパンは美味しいんだ。食べてみなよ」

二人の笑顔を見ていると、断るのも悪い気がしてきた。だから包みを両手で持ち直し、二人に「ありがとう」とお礼を言った。

「良かったら、私たちと一緒に食べません？　ねえリュック、いいでしょう？」

「うん！」

二人は私を引っ張って、少し離れた生垣に並んで座らせた。

「天気がいい日は、こうしてよく外で食べるのよ」

私が呆然としている間にアニーと名乗る女性は包みを広げて、「どうぞ」と勧めてくれた。

丸パンをスライスして、野菜と茸《きのこ》を炒めた具を挟んである。ふわりと香辛料と茸《きのこ》の香ばしい香りが鼻をくすぐった。

すると身体は正直なもので、お腹が大きな音を立ててしまい、私は赤面する。

「ふふっ。遠慮せずに、さ、食べて食べて」

アニーが弟のリュックにも促《うなが》すと、彼は同じパンにかじりついた。

それにつられるように、私も一口。

硬く焼かれたパンが、具の油を吸って柔らかくなっていて食べやすい。具のほどよい塩気がパンとよく合っていて、食欲をそそられる。気づけば続けて二口、三口とほおばっていた。

「どう？　口にあった？」

私をのぞき込むアニーは、優しく微笑んでいた。

「すごく、美味しいです、本当に……」

美味しくて、嬉しくて、胃袋よりも胸がいっぱいで、気づけば涙があふれていた。

そんな私に呆れたりせず、二人が背中をさすってくれるから、さらにポロポロと止まらなくなってしまう。

私、本当は辛かったんだ。

一人きりになって不安で押しつぶされそうだった。

別れの時に泣いてしまったら、二度と立ち上がることができない気がした。だから必死に我慢するしかなかった。

でも本当は、こうして泣いてしまいたかったんだ。

ひとしきり声を殺して泣いた。そんな私を、アニーとリュックは何も聞かずに待っていてくれた。

落ち着いてから、改めて姉弟にお礼を言って、名を名乗る。

「辛いことがあったのね、可哀そうに。それで花純は今日、どこか泊まるあてはあるの？」

「……それが、宿はもういっぱいみたいで」

「じゃあ、うちに来てよ。今はリュックと二人きりで寂しいし、部屋も空いているから」

「え、でも」

突然の提案に驚いていると、リュックが口をとがらせる。

「ダメなの？」

「そんなことないよ、嬉しい。本当はすごく困っていたから。でも、迷惑じゃない？」

「だったら誘わないって！　僕、旅の話を聞きたい、いいよね？」

「もちろん、私なんかでよければ。あ、でもあんまり楽しい話じゃないかもしれないけど」

「僕はこの村から出たことないから、どんな話だっていいよ」

満面の笑みで喜ぶリュックに、こっちまでつられて笑っていた。

「ありがとう、お言葉に甘えてお邪魔します」

まさかこんな素敵な救い手が現れるとは思ってもみなかった。

感謝の気持ちとともに、私も彼らに何か返したくて、さっき魔法を使って収穫したニッコスの実を取り出す。

「これ、パンのお返しです。よかったら一緒に食べませんか？」

笑顔でニッコスを手にのせて言うと、彼らはきょとんとした顔だ。

「あ、季節違いですけど、ニッコスに間違いないですよ？　安心して……わ！」

アニーが慌てて私の手からニッコスを奪うと、周囲をキョロキョロと見回しながら持っていた籠《かご》にしまい込んだ。

リュックもまたアニーに一歩遅れたものの、私の腕を取って立ち上がらせる。

「そ、そんなことより、早く家に行こう！」

「え？　ええ……」

「そうね、そうしましょう！」

ひきつったような笑みを浮かべたアニーがリュックに賛同し、二人に抱えられるようにして広場を駆け抜けたのだった。


何がなんだかわからないまま、足早に連れてこられたのは、村の西側の外れだった。

魔物の襲撃から村を守る背の高い塀がある。

その塀の陰、畑に囲まれた平屋建ての小さな家。そこがアニーとリュックの両親が残してくれた、彼らの家なのだそうだ。

「ごめんなさい、いきなり急がせたから驚いたでしょう？」

家に入ってすぐ、アニーがそう謝りながら籠《かご》からニッコスの実を取り出して、返してきた。

思わず受け取ってしまったけれど、もしかして迷惑だったのだろうか。

そう聞き返すのも失礼だろうかと考えていると、リュックが椅子を引いてくれたので、とりあえずそこに収まり、乱れた息を整えた。

お湯を沸かすからと、竈《かまど》に向かったアニーを眺めていると、私のそばにリュックが来て座る。

「あのさ、あんな場所でニッコスの実を出すなんて、止めといたほうがいいから」

私は彼の言わんとすることがわからず、彼とアニーを見比べる。するとアニーは背中を向けたまま、リュックの言葉を肯定するように、肩をすくめた。

「そうなの？　……ごめんなさい、世間知らずで」

「ううん、いいのいいの、謝らないで。花純は何も悪くないの」

お茶を淹《い》れ、そのカップを私とリュックの前に置くと、アニーは自分のものを持ってそばに座る。

「最近はこのチコル村も、かなり苦しい状況なのよ。特に食糧が手に入りにくくなっていて……この村は小さいでしょう？　森に囲まれているし、栽培できるものは限られているわ。だから食べ物の何割かは昔から行商に頼ってるんだけど」

「苦しいって……食べ物に困ってるってこと？」

アニーは苦笑いを浮かべながら頷《うなず》いた。

「普段食べる麦や野菜なんかは、なんとか不足しないでやっているわ。それも次の収穫までもつかギリギリってところ。だけどもっと深刻なのは、お酒とか果物、嗜好品ね。どうしても後回しになってしまうみたい」

「ただでさえ物が不足する村だったけれど、魔物が増えたせいで、行商人が襲われてるんだ。だからここまで来てくれる人も減ってる」

先行きの不安から村人たちのほとんどは節約しているのだという。

その命綱である行商人たちですら、宿を冒険者に譲り、村長の家に泊まらせてもらっているのだとか。

「そんな事情があったのね」

「だからさ、ニッコスの実なんて見たら、みんな目の色変わっちゃうよ」

理屈はわかるけれど、果物くらいで？

そんな考えが透けて見えたのか、アニーが申し訳なさそうに説明してくれた。

「ここのところ、みんなピリピリしているの。花純みたいに人が良さそうな女性相手だと強引な人もいるし、何よりニッコスはとても貴重だから高値で売れるわ。このあとも花純は旅をするのでしょう？　大事にしまっておいたほうがいいわよ」

「あ、それなら大丈夫」

二人が大慌てでここに連れてきたのは、私を心配をしてくれたからだった。だから私は躊躇《ちゅうちょ》なく、鞄の中身をテーブルにひっくり返した。

ごろごろと転がり出たニッコスの実に、アニーとリュックは驚きのあまり声を失っている。

「まだいっぱいあるの。ここなら誰も見てないでしょうし、遠慮なく食べて！」

コロコロとテーブルを転がるニッコスをしばらく眺めていたアニーが、顔をあげた。

「どうして、こんなに……収穫の季節ならまだしも」

季節外れのニッコスに困惑するのは当然だろう。私の魔法は、珍しい部類らしいから。

「実は私、花を咲かせたり、植物の成長を促《うなが》したり、そういう魔法が得意なの。見てて？」

窓際に置いてあった小さな鉢を見つけて、私はそこに手をかざす。

おそらく、庭先から移植した花が植えられていたのだろう。すっかり花期が終わり、葉も枯れて土が残るだけの状態だった。でも野花ならばたくましく、種を落としているに違いない。

手先に魔力を集中させると、案の定、乾燥した土の間から双葉がいくつか顔を出した。

興味津々に私の手元をのぞき込むリュックが、それだけで感嘆の声を上げる。私は調子づいて、そのまま若葉にさらに魔法をかけた。

すると若葉はダンスするかのように枝を揺らしながら、いくつも葉を広げて大きくなっていく。

葉が茂り、あっという間に花芽がいくつも出てきて、蕾《つぼみ》が膨らむ。

はじけるように咲いた花は、昔懐かしいおしろい花のような、赤が鮮やかなラッパ型をしていた。

「……どう？」

驚く二人に、こんもりと花をつけた鉢を差し出す。

「花純おねえちゃんすごい！」

ぴょんぴょんと喜びながら跳ねるリュックと、口元を手で覆いひたすら目を丸くするアニー。

役立たずと言われ続けた能力で、こんなに驚いてもらえるのはなんというか……うん、嬉しい。

納得してくれたアニーとリュックとともに、ニッコスの実を切り分けて食べる。

そうして私は、改めて二人のことを聞いた。

チコル村にも魔物が頻繁に出没するようになってすぐに、父親が近くの森で他の村人とともに魔物に襲われ、亡くなったのだという。その後、母親とともに畑で野菜を作り暮らしていたものの、母親はもともと身体が強いほうではなく、心労もたたって病に罹《かか》り、先月亡くなったそうだ。それ以来、自給自足に近いかたちで、姉弟二人で暮らしているのだとか。

「じゃあ、アニーたちも食べ物に困ってたんだよね。なのに私にパンを……」

すごく申し訳なくなってしまった。

私は今日、この世で一番不幸な目にあっていると思っていたし、実際にそう感じさせるほど私は酷い顔をしていたに違いない。そんな姿を見て、アニーたちは放っておけなかったのだろう。

「気にしなくていいわよ。今日はね、野菜がいつもより多めに収穫できて売れたの。亡くなった両親にも、困ってる人がいたら助けなさいって言われてたし。それにニッコスなんて珍しいものを食べられたんですもの。お返しのほうがよっぽど豪華だわ、申し訳ないのはこちらのほうよ」

「そんなことないよ、本当に途方に暮れていたから、声をかけてもらえて嬉しかった」

こうして誰かと笑いあえることって、本当に幸せだな、と心から思った。

「花純おねえちゃんはこれからどうするの？」

リュックのストレートな問いに、私はうっ、と言葉を詰まらせる。

「……それはまだ、どうしたらいいのかわからなくて」

私は簡単に、冒険者パーティを追放され、この村に置いていかれたことを話した。

この国の地理にそこまで明るくない私に心当たりがあるのは、トレヴィという街だ。ここチコル村からは少し距離があるが、一度立ち寄ったことがあるので、まず向かうならそこだろうと思えた。国の役場があり、他所《よそ》から来た労働者などがそれなりにいたようだったから、私でもできる仕事があればいいのだけど。

「そんなに焦らず、しばらく考えて決めたらいいと思うわ。トレヴィなら住み込みの仕事もあるだろうし、そこからなら都まで馬車便があるしね」

「うん……すこし、考えてみる」

「あ、もちろん決まるまで滞在してくれてかまわないから」

「ありがとう、アニー、リュック」

二人ははにかむように微笑んでくれた。

それから二人の家で家事を手伝って、今夜はご両親が使っていた寝室を借りることになった。

辺りが暗くなるとそれまで以上に静けさが増す。やってこない眠気の代わりに頭に浮かぶのは、かつての仲間たちのこと。

リヒトたちは今頃、無事だろうか。

ううん、私が心配したってどうにもならない。足手まといの私がいなくなったことで、むしろ旅は楽になっているだろう。

それはそれで辛いし、別れの痛みがまた胸を襲う。

このままいつまでも引きずっていたら動けなくなりそう。私は私の行く末を考えて動かなくちゃ。

そう考えられるようになったのは、アニーとリュックの親切に触れたからだ。

だからといってずっとここに留まることはできない、自分の居場所を探したい。

幸いにして、餓死する心配はない。この半年間過ごした経験で、それだけは自信がある。

「魔物に襲われる心配さえなければ、森や無人島で農園を作って、動物なんかも育てたりとか……憧れのスローライフができるのになぁ」

探せば、そんな場所があるかもしれない。明日、アニーに聞いてみようかな。

ついでに、街道を一緒に旅してくれそうな商人も、探さないと。やらなくてはならないことは、いっぱいある。そんなことを考えていると、知らず瞼《まぶた》が閉じる。疲れていたせいもあり、いつしか私は深い眠りに落ちていった。


朝日が窓の隙間から差し込み、その眩しさに目を覚ました。

窓の外から声が聞こえる。

寝台を出て窓を開け放つと、もうリュックが畑で鍬《くわ》をふるっていた。

「おはよう、花純おねえちゃん！」

「おはよう、早いのね」

「午後になると日がかげるから、うちは朝に作業することにしているんだ」

「……そうなんだ」

畑のすぐそばに高い塀があるから、午後の早い時間には太陽を遮《さえぎ》られてしまうのだそう。

昨日は気にかける余裕がなかったけれど、塀は二メートルをゆうに越える高さだ。魔物から村を守るためには、それくらい必要なのだろう。ぐるりと村を囲うように建てられている。

この塀があると、冬場は日が当たりづらくて作物を育てるにはちょっと辛いだろうな……園芸店員としての経験から、そう感じざるを得ない立地条件だった。

「父さんは森で木こりや猟師をしていたから、昔はそれで充分だったんだ」

でも今はアニーと二人。森に入ることは無理だから、この小さな畑を耕して生計を立てているのだという。

リュックは耕した土を鍬《くわ》で盛り、慣れた手つきで畝《うね》を作る。

「今から何を植えるの？」

「豆と、芋だよ」

昨日売った分で収穫が終わった葉野菜の場所に、今度は芋を植えるのだそう。豆はしばらく空いていた土地を軽く耕し、直播《じかま》きするという。豆はさやえんどうのように成長が速く、若い状態で食べられるので、早く収穫できてお金にもなり重宝しているのだとか。

「私も手伝うよ」

「い、いいよ、花純おねえちゃんはお客さんなんだから。虫だっているんだよ？」

リュックは慌てたように言うが、これでも元園芸店員、虫くらいで驚くものですか。

「待ってて、すぐに行くから！」

急いで身なりを整えて、リュックのもとに向かった。

道具を借りて、二人がかりで畝《うね》を作り、芋の蔓《つる》を植えていく。この苗は、村に苗や種を届けてくれる人がいて、その人から安く買っているのだそう。

「おねえちゃん、慣れた手つきだね」

「うん、冒険者になる前は、花を育てて売る店で働いてたの。育てるより売るほうが専門だったけど、子供の頃から草木の世話が好きだったから」

花は、手をかけてあげたぶん、応えてくれる。もちろん大変なこともあるけれど、綺麗な花をつけてくれれば、そんな苦労なんてすっ飛んでしまうのだから不思議。

こうして土を触り、汗を流すのは楽しい。

魔法のことといい、やっぱり私の天職は、こっちなんだろうって思う。

ひとしきり作業を終えてリュックと汗を拭いていると、声がかかった。

「リュック、そろそろ朝食にしましょう……って、え？　花純？」

「おはよう、アニー」

台所にいたらしいアニーとは顔を合わさずに来ていたので、私を見て驚いたみたい。アニーに手を振って、挨拶をする。

「生活に必要な魔法はからきしだけど、こういうことなら手伝えるかなって思って」

「ありがとう花純、とても助かるわ」

アニーは私の欲しい言葉をくれる。

役立たずと言われ追い出された身としては、誰かの助けになれるのが嬉しい。

「朝食の用意ができたから、二人とも休憩しましょう」

井戸水で手を洗い、リュックとともに家に入ると、パンの焼ける香りが鼻をくすぐった。

たいした物は出せなくて申し訳ないけれど、と苦笑するアニーに盛大に首を横に振ってみせる。

昨日も食べた堅焼きのパンを炙《あぶ》ったものに、ピクルスのような酢漬けの野菜、それから野菜を煮込んだスープが添えてあり、充分すぎるご馳走だった。

「さっきリュックから聞いたんだけど、苗や種の商人のこと、詳しく教えてもらえる？」

アニーとともに食器を片付けながら、植物の苗を売りにくるという人の話を聞く。

この世界にも、園芸店のような商売があるなんて思っていなかった。もし商売としてやっていけるのなら、魔法の力もあることだし、そういう仕事もいいかもと考えたのだ。

けれど……

「ああ、あの人は商人ではないのよ」

「そうなの？　でも、苗を売って回っているってリュックが」

「そうよ。私たちもどういう素性の人なのか、本当はよくわからなくて。神出鬼没で正体不明というか……魔物に襲われた村に、野菜の苗や花の種を無償で配ってくれているの」

「え、売るのではなくて、無償で？」

このチコル村も、昨年は魔物に外の畑を荒らされて、特に主食の麦が被害を受けたそうだ。収穫はおろか、種もみすらとることができず、絶望した村人同士で争いが起こりはじめた。そんな時にどこからともなくやってきて、麦や野菜の種を配ってくれたのだという。

「最初は、何の企《たくら》みがあってこの村にやってきたんだろう。みんなそう疑っていたのよ。だって野菜の苗のついでに、必ず花の苗も置いていくし」

花まで？

「でも私たちが疑いの眼差しで見ていたら、彼は慣れた様子で提案したの。今回は販路を開拓するための宣伝みたいなものだって。来年の苗や種を買ってくれたら、最初の種はさしあげますって」

「ああ、上手いやり方！」

「それ以来、定期的に訪れてくれるようになったわ。でも不思議なのよね」

「何が？」

「彼、すごく安く苗を分けてくれるけど……どう考えても、それだけで利益が出せているとは思えないの。それにやっぱりいつも花の苗をまぜてくるし」

最後にアニーはクスクスと笑った。

いい人なのか、本当は企《たくら》みがあるのか。訪れるようになってからかれこれ二年になるけれど、村人の意見はまだ分かれるのだそう。

でもそれだけの間、問題なく取引してこられたのだから悪い人ではないとアニーは締めくくった。

お皿を洗い終えたアニーが、私を振り返る。

「彼が来ていたら、一緒に馬車に乗せてもらえたのに。残念ね」

「はは、気にしないで」

気持ちはありがたいけれど、神出鬼没で正体不明って言ってたよね、アニー？

この村は貧しい。私がどんなに働く意欲があっても、受け入れる余裕はないのだから、遅かれ早かれ出ていかなければならない。でもさすがにその人はどうかなと思うんだ……

私の苦笑いが通じたのかわからないけれど、アニーが村長の家に泊まっている商人に、交渉してくれることになった。

それからの話は早かった。

リュックの畑仕事を手伝っていると、戻ってきたアニーが息をきらしてこう言った。

「花純、カーコフの街までなら乗せていってくれるって！　出発は一時間後だけど大丈夫？」

「ええ、一時間後？」

カーコフは、たしかトレヴィまでの途中にある街だ。

急に決断を迫られ、一瞬悩みはしたものの、同行させてもらうことにした。

私は手伝いが中途半端になったことをリュックに詫びて、旅の支度を整える。その間に、アニーにはトンボ返りで了承の返事をしてもらった。

荷物というほどのものはないけれど、残っていたニッコスの実を一つ鞄に入れて背負う。残りはすぐに見つからないように、台所の野菜籠《かご》の中にしのばせた。

「花純、支度はできた？」

「今いきます」

戻ってきたアニーに呼ばれ、私は二人にお別れを告げる。

「アニー、リュック。泊めてくれて本当にありがとう。こうして旅立てるのも二人のおかげよ」

「寂しいけど、すぐに同行者が見つかって良かったわ」

「……もっといて欲しかった」

「リュック、花純に無理を言わない」

しゅんとした様子のリュックに、私は感極まってハグをする。

「ありがとう、リュック。あなたたちが話しかけてくれなかったら、今もきっと落ち込んで何もする気力が湧かなかったと思う」

「本当？　僕も役に立てた？」

「もちろん！　すごく、助けになったよ」

抱き合う私とリュックを、アニーがまとめて両腕で包み込む。

「元気で。落ち着いたら手紙をちょうだい」

「うん、必ず」

なんて温かいんだろう。

抱きしめあう体温だけじゃない。胸に、心に湧き上がる熱をしっかり感じながら、二人の親切を、絶対に忘れないと誓う。

そして最後に、できる限りの恩返しをしよう。

抱き合って別れを惜しむ私たちを慰めるかのように、植えたばかりの豆が枝を伸ばし、まだ根もつかない芋の蔓《つる》が足元を覆ってゆく。そして緑豊かになった畑に、白と薄紫の花が咲いた。花さえ咲けば、放っておいてもすぐに実をつけてくれるだろう。

勢い余って畑以外の種も芽吹いたようで、見たこともない黄色の花が、綿毛のように私たちの頭に降りそそぐ。

私の門出を祝ってくれてるみたいで、しばらく宙を舞う黄色の花に見とれていたのだった。

まあ、でも。

ちょっと、力を出しすぎたかしら……

塀の外にまで、季節外れの花が見えた気がしたけど……気のせいということにしておこう。

第二章　黒い馬車の訪問者

村長さんのところで紹介された商人は、高齢のおじいさんだった。旅慣れてはいるものの、体力が衰えて不安があるとのことで、同行者が増えることを快く了承してくれた。

私は荷馬車の後ろに座らせてもらい、馬車はチコル村を発《た》った。

商人と同じく高齢の馬が曳《ひ》く荷馬車はのんびりとした歩みだったけど、なんとかその日中に隣村へ到着。

道が荒れているのと、しょせん荷馬車で人が乗ることを想定していないせいか、私のお尻はかなりダメージを負ったが、魔物に襲われなかっただけでも良しとせねば。

商人のおじいさんは、村の商店を取りまとめている方のお宅に泊まることになっていた。突然の同行者にも先方は困った顔ひとつせず、商売の手伝いをすることを条件に、私も泊めてもらえることになった。

　チコル村同様に決して豊かではないようだけれど、この村ではまだ働けさえすればなんとか居場所は与えてもらえる。そんな印象だった。

「お嬢さんはどこに向かうつもりなんだい？」

　到着してから二時間ほど商品を運び入れるのを手伝った後、取りまとめ役をしているという家主の男性がご飯をごちそうしてくれた。その席で、家主のおじさんとその家族が、興味津々といった顔で聞いてくる。

　若い女性の一人旅は珍しいし、心配なのだろう。

「とりあえずトレヴィの街に行って、仕事を探します」

「親御さんや、ご家族はいないのか？」

「いません。一人なんです……」

　家主のおじさんは、痛ましいと言いたげな顔で私を見る。

「トレヴィに向かうというのは、悪くない。あそこはまだ魔物が少ないし、ここらではもっとも賑わってる。いい仕事が見つかるといいな」

「はい」

　アニーたちもそうだけれど、田舎の人々は困っている者に優しい。

　トレヴィの街でも、親切な人に出会えるといいな。

　食事を終えて、今夜お借りする寝台のシーツを整えていたのだが、何やら外が騒がしい。夜遅くに、お客さんでも来たのかしら。様子を見に行くというおかみさんについて、私もお店のほうに行ってみると……

「夜分遅くにすまないが、人を探している。ここに、チコル村のほうから来た者がいるだろう」

若い、男性の声がした。応対していたのは、家主のおじさん。

どうやら男性は、私たちと同じように、チコル村のほうから来たと言っているようだ。

「確かに、うちにはチコル村を通ってきた客人がおりますが……」

「どうしても会いたい、呼んでもらえないだろうか」

そんなやり取りに、おかみさんが窺《うかが》うように私を振り返る。

私には別れた仲間以外この世界ではろくに知り合いもいないし、私を探すような人に心当たりはない。けれども何やら急いでいるみたいだし、直接話したほうがよさそうだ。

おかみさんには一足早く休んでいる商人のおじいさんを呼んできてもらうことにして、私はお客人のもとに向かった。

「あの、私もチコル村から来た一人ですが」

母屋《おもや》から店に出ていくと、男性の姿が見えた。

その人は家主のおじさんよりも頭一つ分背が高く、黒くて長いコートを纏《まと》っていた。

おじさんから視線を上げた彼の表情は、ハッとするほど真剣だ。

「……あなたが？」

彼は長い金髪を束ねているのだけれど、風に煽《あお》られたのか、乱れて後れ毛が顔にかかっている。

とても整った顔立ちなのに目は落ちくぼみ、顔色は白を通り越して青い。

ちょっと引くぐらいのやつれ具合だ。

どれだけ必死に走ってきたのかって思うくらい。いえ、まさか夜の街道を徒歩でなんて、ありえないけれども。

「ああ、ようやく会えた、あなたが花純だね？」

男性はよろよろと近づいてきて、じっと私を見入る。

「ええと、どうして……」

私の名を、なぜこの人が知っているのだろう。

「これに見覚えはあるか？」

たじろぐ私に、男性はコートの内ポケットから小さく束ねられた花を取り出し、差し出した。

幾重にも重なる細い黄色の花弁が、まるで綿毛のような花。それはアニーたちの畑に降り注いだ花と同じものだった。

「これって……今朝の」

「そうだ。あなたが魔法で咲かせた花だ」

手袋をはめた大きく長い指が、可憐な綿毛をそっと摘むようにして、私に差し出す。

「確かに、今朝チコル村で咲いた花と同じですけど、どこにでも咲いていそうな花ですよ？　私が咲かせた花とは限らないんじゃ……」

どこの道端に咲いていてもおかしくないような、素朴な花だ。

「いいや、間違いない。この花は特殊な条件のもとでしか咲かないのだから」

そう言うと男性は、長いコートの裾をふわりとなびかせ、私の前で膝を折った。

そのあまりに美しい所作を、私は映画でも見ているかのように、綺麗だなあと眺めるしかなくて。

「これを咲かせられるあなたの力をどうか私に貸してほしい。我が植物園を助けていただきたい」

「……え？」

片膝をつき、左手を胸に。そして花を私に差し出したまま、男性はそう言った。

まるでおとぎ話の王子様が、愛しい恋人にプロポーズするかのよう。

私を見上げるその漆黒の瞳は、夜空のように深く、吸い込まれそうなほど美しかった。

ただ、残念なことに、髪は風に乱れ、目は落ちくぼみ、見るからに疲労困憊《こんぱい》。服も旅装なのかすっかりくたびれていて、王子様とはずいぶん違っていたけれど。

だからというわけではないが、私は驚いて声も出なかった。

若干……いえ、かなり引いている私に気づいたのか、男性はすっくと立ちあがり、背を向ける。

気を悪くさせてしまったかしらと、家主のおじさんと顔を見合わせていると、店の外から私たちのいた場所にまで大きな黒い影がかかった。

店の軒《のき》のすぐそばに、大きな馬車がやってきたのだ。

立派な馬と、光沢のある漆黒の馬車に唖然としていると、家主のおじさんが私にささやく。

「あの人は、この辺りじゃ知られた慈善家だ。私設の植物園を作って、魔物に襲われた村に苗や種を下げ渡してくれている。普段はあまり喋る人ではないんだが……」

おじさんは苦笑いを浮かべている。

彼がアニーから聞いた人物なのだろうと察した。だとしても、なぜ私を探しているの？

それだけではない。チコル村と行き来できる街道はひとつだけ。こんな立派な馬車とすれ違った記憶はない。ならば彼はどうやって私が去ったチコル村に入り、あの花を手に入れたのだろうか。

そんな疑問に首を傾げていると、黒いコートの男性が馬車から何か小袋を持ち出して戻ってきた。

彼は再び私の前に立ち、その小袋から細かい種を手に取る。

彼が何をしたいのかわからず見守っていると、ふいに彼の手の上にあった種がもぞもぞと動いた。

そして白い根を伸ばし、小さな緑色の若葉が顔を出す。

――これって、私と同じ、魔法？

自分以外の者が、この魔法を使うところを見るのは、初めてだ。

種はさらに成長し、双葉が開き、枝を伸ばし、種だった植物が赤と黄色の大きな花をいくつも咲かせて、それは片手で抱えきれないほどの花束となった。

「私の名はレヴィ。ここから北へ行った先の、ニルヘム村の郊外にある植物園の主だ」

レヴィと名乗ったその人は、私に花を差し出した。

「見た通り、魔法の力で植物を育てているのだが、私一人の力では限界がある。だが先日訪れた村で、あなたの噂を聞いた。冒険者のなかに、植物に影響を及ぼすことができる魔法を使う者がいると。藁《わら》にも縋《すが》る気持ちでその冒険者たちの行方を追ったのだが、追い付いたはずのチコル村であなたは既に冒険者ではなくなったという噂を聞いて、村を出た馬車を追ってここまで来た」

まさか、リヒトたちと一緒だった時のことを聞きつけていたとは。

しかも、パーティを追い出されたことが噂になるほど、自分は酷い有様だったのだろうかと、穴があったら入りたい気持ちだ。

けれどそんな私に、彼は再び懇願《こんがん》するかのように膝をつく。

……と思ったら、違った。

そのままぐらりとバランスを崩し倒れてしまう。私とおじさんとで咄嗟《とっさ》に支えた。

「大丈夫ですか？」

「ああ、すまない。この魔法はかなり魔力を消費するので……」

え、そうなの？

私は花を咲かせるまでなら、さほど魔力を使わないんだけど……

驚いている私に、レヴィという男性は再び頭を下げる。

「私はチコル村の光景を見て、あなたこそ私に必要な人だと確信した、あなたが……」

「え、あ、あの、ちょっと待ってください」

再び発せられたプロポーズまがいの言葉を、慌てて遮《さえぎ》る。

彼と私との間に、認識の齟齬《そご》がある気がしてならない。

「あの、レヴィさん、きっと誤解をしてらっしゃると思います。確かにアニーたちの畑は調子に乗ってやりすぎましたけど、私はそんな大した能力を持っているわけでは……」

「ああ、あなたは自分のしたことを見ていないのだね」

にっこりと微笑むと、彼はそう呟いた。

「私がチコル村に到着したのは、花純、あなたが村を出て二時間ほどしてからだと思う。変化は既に、魔の森と呼ばれる村外にまで現れていた」

「変化？　アニーたちの家の、隣の森のことですか？」

たしか、姉弟の家は村の端っこ。ちょっと派手に魔法を使ったから、すぐ外の辺りくらいには影響があったかもしれない。

「いいえ、チコル村を囲む塀から、約五十メートル四方くらいに」

「……五十……四方？」

予想外の事態に、返す言葉もないとはこのことだ。

「ちょっと待ってください、そんなはずは……じゃあ、村の中は」

「もちろん、村は春と夏と秋が一度にやってきたような状態だった。村人の中には天の恵みを感謝する者、逆に戸惑い恐怖する者、わき目も振らず作物を刈り取る者と、様々だった」

まさかそんなことになっていたとは思わず、私は乾いた笑いしか出ない。

「あのまま放っておいたらパニックが起きて、諍《いさか》いとなっていたかもしれない」

「……そんな」

口では否定しつつ、考えられなくはないと思い改める。チコル村は、もう少しで主食の麦さえ備蓄が足りなくなるところだったはず。だから不用意にニッコスの実を出そうとした私を、アニーたちが咎《とが》めたのだし。

「一部で喧嘩が発生していたが、村長と協力して、騒動とならないよう村人たちを落ち着かせた。心配はいらない」

恩返しのためにと、精一杯のことをしたつもりが、やり過ぎていたなんて。

やっぱり、私は何をやらせてもダメなのかと、自己嫌悪に陥《おちい》りそう。

「そ、そうだ、アニーとリュックは無事かしら」

「心配はいらない。彼らからあなたの話を聞いたのだから」

「……よ、よかったぁ」

私はほっと胸を撫で下ろす。

そんな私が油断した隙を逃さず、レヴィは花束を押し付けてきた。

「わっぷ、何をするんですか！」

花弁と甘い香りが鼻をくすぐる。

「その力、私に貸して欲しい。今すぐに」

「はい？　今すぐ？」

「そうだ、もうあまり猶予がない。どうか急いで来てくれ！」

ぐいと腕を引かれた。

「わ、ちょっと、待って。私には同行者がいて……」

何も告げずに消えたら、商人のおじいさんに悪いし……っていうか、まだ行くなんて私ひとことも言ってない！

「おい、お嬢さん、あんた大丈夫か？」

驚いたような家主のおじさんの声で、自分がふらついているのに気づいた。

目が回るような、ふわふわした感覚に襲われ、つかまれていた腕にしがみつく。すると頭の上から、小さな声で「すまない」と聞こえた。

「わっ……ちょっと」

待って。

そう言おうとしたのに呂律《ろれつ》が回らない。回ったのは視界だ。抱き上げられたのだろう。さかさまになった私を、心配そうな顔をした家主のおじさんが見ていた。

その向こうから、同行人のおじいちゃんとおかみさんがやってきたようだけど、重たくなった瞼《まぶた》をそれ以上開けていることはできなくなった。

ゆらりゆらりとどこかに運ばれている。

ぼんやりとながらも認識できたのは、そこまでだった。


そして目覚めは、突然だった。

はっと気づいた。そう言ったほうが、正しいだろうか。

揺らめくような日差しのなか慌てて起き上がると、私は見知らぬ部屋にいた。

私が寝かされていたのは、大きなソファ。かけられていた毛布をどけて足を下ろすと、触れたのはひんやりとした石の床。

大きな室内はまるで温室カフェのように植物であふれ、木製のテーブルや椅子があり、少し離れた先に大きなふかふかラグが敷かれている。

天井は高く、ドーム型になっていて、木製の羽根のついたシーリングファンがぶら下がっている。

私はソファの傍らに揃えてあった自分のブーツを見つけて急いで履くと、誘われるように窓を開け放ち、テラスに出る。するとと目の前には広大な庭園が広がっていた。

そこは天国と見紛《みまが》うような世界だった。

「……すごい、綺麗」

花、花、花。見渡す限りの花の園。

生垣以外には高い木はなく、開けた土地に植えられているのは花ばかり。その花壇を隔《へだ》てる通路には、アーチ型のトピアリーがあり、そこにも色とりどりの花が咲いている。

ひょっとして、私はまた違う世界に転移してしまったのかしら。

少なくとも、今まで見てきた村や街の景色とは、まるで違う。どの村も幾度となく魔物に襲われ被害の跡が残っていた。無事な街であっても、いつ自分の生活が奪われるのか不安で、花を植える余裕なんてなかったのだろう。

だからこれはこの世界に来てはじめて目にした、色とりどりの美しい景色。

涙が出そうなくらい、感動している。

呆然と景色を眺めていると、背後から声がかかった。

「ここは、気に入ってもらえただろうか？」

振り返ると、例の正体不明の男性――レヴィが立っていた。

「ここが、あなたの植物園？」

「そう。ニルヘム村の外れにある、私設植物園だ。創始者アートゥロ・サウロスの名を取って、サウロス植物園と呼ばれている」

「ニルヘム村……ってことは私、あれから数日間も寝ていたってこと？」

レヴィと出会った村から、二つ村を越えた先にカーコフの街がある。そのカーコフのさらに先にあるのが、ニルヘム村だ。どんな早馬に乗ったって、三日はかかる行程だろう。

そんなに長い間眠らされるなんて、どんな魔法をかけられたのだろうか。身体に異常は？心配になってあちこちを触ってしまう。

「一晩しか経ってないから、安心するといい」

のんびりとした彼の返答は、疑問や焦りでいっぱいの私を苛立たせるには充分だった。

「どう考えても一晩で移動なんて無理な距離だわ。いくら私が世間知らずだからって、騙《だま》せると思わないで。それに、眠らせて勝手に連れてくるなんて……」

「時間的には無理ではないよ。森を抜ければ、すぐ着く」

「森を抜ける、ですって？」

そんなこと危なすぎて、リヒトたち冒険者だってやらない。街道が森を迂回するように通っているのは、ただそこに深い森があるからというだけではない。その森の中心に、魔王が棲むという死の山があるからだ。

「抜け道があるんだよ。そこを魔法の馬車で駆け抜ける。そうすれば魔物に襲われる心配はない」

「じゃあ、チコル村にもそうやって行ったの？」

「そう。ここから真っすぐ南下すると、ちょうどチコル村まで一日弱。それくらいでないと苗が弱って、充分な数を届けられない」

「それで、街道で私たちとすれ違わなかったのね……」

「そういうことだ。ああ、立ち話をさせてしまい申し訳ない。朝食を用意しようか」

食事どころじゃないわよ。そう言おうとした私のお腹が、ぐうと鳴る。

「……さあ、こちらへ」

いや、ちょっと待って。聞こえてましたよね、今の音？　無視はかえって恥ずかしいんだけど。

そう言いたくとも恥じらいが勝り、彼のエスコートに従うしかなかった。

室内に戻り、木製のテーブルに案内される。レヴィが指を鳴らすと、カウンターの奥から大きな耳がぴょこんと飛び出してきた。

「食事を頼むよ、アズ」

レヴィの声で、長い耳がピクピクと前後に動く。しかも灰色と白のふわふわの毛に覆われていて、柔らかそう。

何あれ、どうなってるの？

驚きのあまり目を離せないでいると、その耳の持ち主が、ぬっと立ち上がった。

現れたのは、兎、だった。

いえ、何を言っているのか自分でもよくわからないけれど、兎、ラビット。

網タイツにウサ耳カチューシャのおねえさんでも、着ぐるみでもなく、まんま動物の兎だ。

赤いベストを着た大きな兎が二本足で立ち、動揺する私の前に、柔らかそうなもふもふの手で、朝食がのったトレイを運んでくる。

背の高さはたぶん、私の胸の位置に頭がちょうどくるくらい。大きく赤い瞳で私を見つめ、白く長いひげを揺らしながら、その愛くるしい頭をちょこんと傾げた。

か、可愛いぃぃ！

夢、じゃないよね？

ほっぺたをつねってみると、痛い。やっぱりここは、天国に違いない。

——兎の彼は、名前を「アズ」というそう。

そう紹介されている間も、私の目はひたすらもふもふ兎のアズに釘づけだ。

食い入るように見つめる私の視線をものともせず、アズは一言も喋らずに給仕している。そして私が食べ終わるのを待って、皿を手にまたカウンター奥へ引っ込んでいった。

「じゃあ、話を続けようか」

そんな兎との初対面にドキドキしていた私は、いたって冷静なレヴィの言葉にハッとして頷《うなず》く。

「改めて、私の名前はレヴィ。三年前に廃園状態だったこの植物園を買い取り、ここに住みながら草木を育てている。ただ、ここはとても広い。荒れ放題だった土地を片付けるくらいなら私一人でもなんとかなったのだが、維持となると人手が足りない。そこで花純、あなたの噂を耳にした」

「花を咲かせるしか、能のない冒険者の話？」

卑屈な言いかたではあるが、それが仲間からの評価であり、私の冒険者としての価値だった。

けれどもレヴィは、「とんでもない」と身を乗り出した。

「膨大な魔力を保持する、不思議な女性がいると。その能力を持て余した愚かな冒険者が連れ回していると聞いたのだ」

「……それ、人違いだと思う」

持て余していたのはリヒトたちが愚かなのではなく、本当に私が役立たずだったからだもの。

しかしレヴィは、微笑みながら首を横に振った。

「花純、あなたの力は珍しい。とても素晴らしいものだ。ぜひこの植物園のために、力を貸して欲しい。対価は望むだけ出すし、無理はさせない。それとも、まだ冒険者を続けたい？」

今度は私が首を振る番だった。

「向いていないって、わかってる。続けていたかったのは、ただ……右も左もわからない私を拾ってくれた彼らの、力になりたかったから」

「なのに捨てられた」

「で、でも！　彼らの言い分はもっともだわ。私には魔物を倒す力はないし、そんな私をいつまでも連れていったら、次に倒れるのは彼らだもの。だから……」

じっと私を見つめるレヴィの表情に、私を憐《あわ》れむ色はない。ないのに、どうして、今さらリヒトたちを庇うようなことを口走ってしまうのか、自分でもよくわからなかった。

「あなたは優しく、素直な人だ。愛され大事に育てられたのがわかる。その優しさがあるから、花も喜んで応えるのだろう」

「な……」

恥ずかしいくらいの褒め言葉を、さも当然とばかりに並べられ、私の口は開きっぱなしだ。

だってそんなこと、元の世界を含めても、一度だって言われたことない。

いや、元の世界なら新手の詐欺かと疑うところだ。そう思うとなんだかおかしくて、つい私はクスリと笑っていた。

そんな私の反応に、レヴィのほうがきょとんとした顔で首を傾げている。

だからというわけではないが、きちんと話し合いをしなくてはと思った。

「あの、私の魔法を必要とした理由は、なんとなくわかりました。でも昨夜のあれはないですよね。人を眠らせて合意もなく連れてくるだなんて、誘拐と同じです」

「……すまなかった」

しゅんとして、素直に頭を下げるレヴィ。私よりずっと背が高く、年上とわかる男性のその素直さに、毒気を抜かれてしまう。

「謝罪は受け入れます。でもあの花束は？　強引に行動しなければならなかった理由は？　ちゃんと話してください」

「わかった。説明するためにも、見てもらいたいものがある」

レヴィに促《うなが》され、私はテラスを通って外に出た。

今までいた家は、木造で煉瓦《れんが》を組み合わせた可愛らしいカントリーハウス風の建物だった。

そこをぐるりと迂回して連れていかれたのは、今まで見えていなかった裏手。驚いたことに、一面の枯れ野原だった。

私は今まで目にしていた花満開の庭とレヴィ、そして枯れ葉色が広がる光景とを見比べてしまう。

「私が手を入れられているのは、ほんの一部だけなんだ。あの南側の花たちを維持するだけで、魔力は枯渇してしまった。だが、近隣の村には次の種が不足している。再び大規模な魔物の暴走があれば大変なことになる……だから一刻も早くと焦り、眠りを誘う効果がある花をあなたに使った。これは言い訳にはならないだろうが、許してほしい」

私は、彼の話を聞きながら、枯れた葉もそのままに固くなった土を手に取ってみる。

きっと一気に花を咲かせ、実をつけ、種を収穫されたために、土も雑草もみんな休眠状態になっているのだと思う。

もしかしたら魔法だけじゃなく、園芸店員だったころの知識が、役に立つかもしれない。

「ねえ、どこまでの範囲なら、魔法使ってもいい？」

レヴィが驚いたように顔を上げた。

「チコル村の時のように、むやみに迷惑かけたくないわ。それにできるなら自分の特技を生かして働きたいと思うの」

「じゃ、じゃあ花純、力を貸してくれるのか？」

レヴィが嬉しそうに漆黒の瞳を輝かせる。

「雇用条件は、あとでちゃんと詰めさせてね。で、どこまで？」

「遠慮はいらない、見渡す限りうちの土地だから大丈夫だ」

見渡す限りって……広すぎるんですけど！

まあいいや。ならば思いっきり、やってみますか。

「ちょっとだけ離れていてくださいね」

荒れ地に立った私は目を伏せ、両手を前に掲げると、身のうちにある魔力を意識する。そして思い描くのは、あらゆる種が芽吹き、青々とした大地に花が咲き乱れるさま。

そうして私は、チコル村で使ったのと同じように、思い切り魔法を展開する。

次に瞼《まぶた》を開けると、見渡す限りの枯れた土地が、膝丈くらいの雑草で埋め尽くされていた。

ところどころに見覚えのある花や、芋の蔓《つる》がからまっているのは、落ちた種や取り損ねた実から伸びたのだろう。さわさわと、葉が風に揺れている。

「花純、大丈夫か？　疲労感など、身体に負担はないか？」

心配そうに寄ってきたレヴィの言葉に、私は首を横に振ってみせる。正直なところ、自分の力がこれほどだなんて思っていなかった。

実際、チコル村でのこともこの目で見たわけではない。だから半信半疑だった……

自分の手のひらを見て、それからレヴィを振り返る。

「大丈夫、なんとも……ないみたい」

むしろ、何ともないのが恐ろしい。

ここまで絶大な魔力が私の中にあるだなんて、リヒトからは知らされてなかった。

というより、もし知っていたなら危ないし教えておいて欲しかったよリヒト！

「花純、とりあえず戻ろう」

「でも、これ放っておいても大丈夫なの？　いちおう範囲を考えて使ったつもりだけれど、すごく大雑把だったみたい。また迷惑をかけて……」

「心配はいらない。この向こうはもう人の住めない魔の森だから」

「森？　ほんとう？」

「ああ、大丈夫」

ほっとしたら、力が抜けて座り込んでしまった。

「はは……びっくりしたぁ」

「私は驚かないよ、チコル村で一度目にしているからね」

微笑むレヴィに手を借りて、私はなんとか立ち上がる。

同時にレヴィが指を鳴らすと、土の中に残っていた植物の根が持ち上がり、ぎりぎりと音を立て撚《ねじ》れていく。そして塊《かたまり》となり、手足が生えてきた。

そんなちょっと不気味な見た目の人形が、何体も出来上がる。そしてよたよたと歩き出したかと思ったら、今生やしたばかりの雑草が茂る野原へ向かっていくではないか。

「何あれ……」

「花純のように花を咲かせるのは苦手だが、使役魔法は得意なんだ。あれの応用で、馬車や馬も作ることができる。私はしばらく休まないといけないが、代わりにあれらを働かせるよ。雑草を処理し、土をならして、次の種の準備と剪定《せんてい》もしないと」

すごい。確かにすごいんだけど……見た目がちょっと怖い。まるで呪いの藁《わら》人形みたい。

でも、もしかしたらレヴィのセンスかもしれないし、あえて言わないほうがいいのかな。

「ねえ、あの抜いた雑草はどうするの？」

呪いの人形――じゃなかった、使役人形たちが雑草を根こそぎ抜きはじめたので、レヴィに尋ねる。

「後でまとめて魔法で燃やすよ」

と、レヴィは当然のように答えた。

「それだけじゃもったいないわ。灰は肥料になるけれど、根は残して耕すと、土壌改良ができるの。魔法の節約にもなるわ」

「そうなのか？」

レヴィに訴えると、つられたように人形たちの動きが止まる。

「花純は、栽培についても詳しいのだな。私はここを買い取ってから、試行錯誤の連続だ。いまだに失敗することばかりで、心底困っていたんだ」

大きななりをして、しゅんとするレヴィ。

自信なさげにする彼に、拠《よ》り所を失った自分の姿が重なった。だから、かつて同じように励ましてもらった言葉を彼に贈る。リヒトに思うところはあるけれど、彼の言葉に励まされたのも事実。

「誰でも、初めてのことは上手くいかないものだわ。だから私にも、手伝わせてください」

驚きで漆黒の瞳をこぼれそうなほど開くレヴィに、私は右手を差し出す。

「自己紹介が遅くなったけど、植村花純です」

「ありがとう。よろしく頼むよ、花純」

レヴィは手袋を外し、大きく温かい手で私の差し出した手を握り返してくれた。

せっかく得た魔法だもの、必要とされる場所で頑張ろうと思う。

いろいろあったけれど、再就職。決まってよかった。

「ところで、住み込みでもいいですか？　それから他の従業員の方は？　挨拶を……」

今日は休みの日なのかな。レヴィの他に誰も……兎のアズ以外見かけないけど。

キョロキョロと見回す。

「私だけだ」

「は？　だって、こんなに広いのに？」

「だから花純に助けを求めたんだよ」

——ここはとても広い。荒れ放題だった土地を片付けるくらいなら私一人でもなんとかなったのだが。

レヴィの言葉を思い出した。

いえでもあれは、魔法を使う人間がという意味だとばかり……常識的に考えて、そう思うよね？

「あ、アズは？　彼は何をするの？」

「あれは兎だからな、働かない。もっぱら食い意地を満たすために、ここで同居している」

「……そ、そうなんだ」

兎に何を期待していたのだと言われればそれまでだけど、思っていたのと違った。

それなら彼はペット？　ううん、まさかね。

しかし、これから私とレヴィの二人で、この広大な植物園をお世話するのか。

そう思いながら改めて植物園を見渡すと、あまりの広さに、なんだか眩暈《めまい》がしてくる。

さすがにあの使役人形も常に動き続けているわけないだろうし、やることはいっぱいありそう。

まずは雇用条件と今後の仕事内容について、もう少し詳しい話を聞かせてもらわないと。

第三章　新しい生活、新しい仲間

私が植物園で働くようになって、今日で四日目。

雇用主であるレヴィが提示してくれた雇用条件は、かなりの好待遇だった。住み込みなのに快適かつ広い部屋を提供してもらえて、三食休憩つき。お給料もだいぶいいのではないだろうか。

植物園での新しい生活は、いたって快適だ。

とはいえすべてが順調にスタートしたわけではない。実はあのあとレヴィが、倒れてしまったのだ。ただでさえ疲労していたところに、勧誘のために無理して花を咲かせたため、魔力がついに底をついてしまったみたい。

今のところ急いで苗を届ける必要がある村はないということなので、植物の世話は私が引き受けて、レヴィには寝ていてもらうことにした。

なのに彼は、慣れない私に任せるのが心配なのか、それとも性分なのか。あれこれ私の世話を焼こうとじっとしていない。だからアズに見張りを頼んでいる。

「アズ、頼まれてた野菜ってこれだけよね」

私は野菜が入った籠《かご》を、アズに手渡す。

すると籠《かご》を受け取り、中身を確認したアズは、ふわふわの白い毛に覆われた長い耳を揺らしながら二つ頷《うなず》く。どうやら間違ってなかったようだ。ああ、何度見ても可愛い。抱きつきたい。

レヴィの慈善活動ぶりを聞いていたから、もっと作物があるかと思っていたけれど、植えられているのは観賞用の花がほとんどだった。食用の野菜が植えられているのは、花畑とは隔《へだ》てられた小さな一画だけ。そこから私たちの食材と、村々へ融通する分を収穫するのだそう。

今日も花のお世話のついでに、食べる分だけを収穫して、兎のアズに渡す。そうすると彼が美味しく調理してくれる。ここの竈《かまど》はアズの聖域らしいので、今のところ私はノータッチ。

それにアズは喋らないから、使い方を教わるのは難しそうだ。彼が何を言いたいのか、私にはよくわからないのよね。というか言葉も交わさずに、アズの気持ちがわかるレヴィが不思議。

そうして今日もアズが朝食を用意してくれている間に、私はもう一仕事こなす。煙突から漂ういい匂いを嗅ぎながら、再び庭園に向かった。

仕事とはいえ花や作物の世話は楽しいし、レヴィからも作りたい植物があれば、何でも植えていいと言われている。何から何まで自分たちで決められる生活だなんて、まるで憧れのスローライフ。

これまで経験した苦労や身の危険を思えば、なんて恵まれた環境だろう。

あんなに疎《うと》んじられた花を咲かせる魔法が、重宝される日がくるなんて思ってもみなかった。

「じゃあ一番さんから五番さんまでは、土の掘り起こしをお願い。六番さんと七番さんは、南側で種の収穫を。それから……」

根っこや蔓《つる》を絡ませてできたレヴィの使役人形は、レヴィ本人が休んでいる今でさえ、十体も動いている。なんて器用な魔法なんだろう。

一緒に旅をしてきた魔法使いのサヴィエは多様な魔法を使いこなしていたけれど、もしかしたらレヴィも彼に引けを取らないのではないだろうか。

そんな使役人形たちは、私の指示を聞いてくれる。言葉にして頼むと、土を耕したり重い肥料や石を運んだり、思いのままだ。彼らが重労働を負担してくれるので、とても助かっている。いくら魔法で花を咲かせられるからって、土や環境の管理をしてあげなければ花たちは長く咲けない。

私は花壇を見渡して、再び十体の使役人形に指示を与える。

「その株は向こうの日陰に植え替えるから、八番さんと九番さんお願い。十番さんは道具を取りに……」

言いかけて、他と違う動きをする人形がいるので、慌てて声をかける。

「あ、九番さん、それは違うから抜かないでね」

もうすっかり慣れて、使役人形の個性まで把握できてきた。

そう、個性――。十体いれば性格がそれぞれ違うし、なぜか一体はドジっ子なのだ。

指示したのと違う株に手をかけた九番さんの手を引いて、隣の畑に誘導した。

「こっちよ九番さん。ゆっくりでも大丈夫だから、しっかりね？」

私の腰くらいの背丈の使役人形にそう言うと、九番さんはコクリと頷《うなず》きだけで返事をする。

見た目はアレだけど、彼らは働き者だ。こうしたドジッ子な人形も、ちょっと可愛いなと思うくらいには愛着が湧いてきている。

十体全員に再び指示を出すと、私はジョウロにたっぷり水を入れて家に戻る。

そろそろレヴィが起きて、アズとともに朝食の用意をしてくれている頃だろう。

私がテラスの中の、ひときわ目を惹く赤い薔薇の鉢に水をやり、落ちた花弁を拾っていた時だった。

「お疲れさま、花純」

「あら、おはようレヴィ……レヴィ、よね？」

振り返って目に入った彼の姿に驚き、私は確認せずにはいられなかった。

それくらい、彼の容姿が変わり果てていたからだ。

変わり果てて、というのは語弊があるかもしれない。だって……

「あなた、イケメンだったのね」

カサカサの肌にこけた頬、目の下のクマがもはや歌舞伎の隈取《くまど》りみたいになっていた人と、同一

人物とは思えないほどツヤツヤのぷるぷるだ。

それなりに整っているとは思っていたけれど、見違えるように顔に生気が戻り、荒れていた髪の毛がなめらかに流れるさまは美しい。

そうなると濃い黒の瞳と落ち着いた表情がどこかミステリアスな雰囲気で、近寄りがたい気品すら感じる。

「イケメン？　なんだいそれは、新種の花の名だろうか？」

あ、このどこか間の抜けた受け答えは、確かにレヴィだ。

「こっちのことだから気にしないで。ええと……ずいぶんな変わりようね。びっくりしちゃった。体調は良さそうに見えるけど、もう大丈夫なの？」

誤魔化してそう言うと、自覚がなかったのだろうか、自らの顔や身体を撫でて確認し、ああ、と納得したような顔をする。

そんな仕草も、昨日までとは打って変わって麗《うるわ》しい。

「……ようやく枯渇した魔力が戻ったみたいだ。花純が休ませてくれたおかげだね、ありがとう」

「いいのよ、使役人形がよく働いてくれたし。それより、回復したからってそこまで変わるものなの？」

「そんなに変わっただろうか？」

「うん、すごく。別人かと思ったわ」

「すまない……花純を驚かせるつもりはなかったのだが」

私の返事にしょぼんとする表情は、これまで目にしていたものと同じ。けれども昨日まで何も感じていなかったそれに、私はなぜか胸が高鳴る。

彼がすっかり清潔で、見目麗《うるわ》しい青年となったせいだろう。

自分が恥ずかしいくらい面食いなのは、自覚している。

「健康を取り戻すのは悪いことじゃないよね、ごめんなさいレヴィ、前よりすごく素敵に見えるって言いたかったのよ」

私の言葉に、レヴィは微笑み、コクンと小さく頷《うなず》く。

その仕草は使役人形の九番さんとそっくりだ。ちょっと変わり者だけど、憎めなくて可愛らしい。

本調子を取り戻したというレヴィとともに、朝食を取りながら仕事の打ち合わせをする。

「最初に播《ま》いた種が植え替え時でね。明日は雨になりそうだから、今日中にやってしまいたくて」

「何株だろうか」

「百くらいだと思うわ」

「そうか、使役人形が足りるだろうか」

「充分よ、ありがとう。それで空いた時間に、花がら摘みもしちゃうね。そうしたら花もちがよくなると思うから」

「……花純は本当に、物知りなのだな」

レヴィは心酔したようにそう呟くが、この程度のことは園芸店員でなくとも知っていることだ。

だが彼は心からそう言っているみたい。実はレヴィ、自分が育てていた花たちのことを、あまり知らなかったのよね。彼は植物園の主ではあるけれど、植物の専門家でもなんでもなかったのだ。

そんな馬鹿なって、思うでしょう?

でも彼はこう考えていた。

『魔法さえ使えばなんとかなる』

いやいや、そんな無茶な! って思ったわよ私は。

でもよく聞くと、魔法という力業でなんとかしてきたっていうのが、本当のところだったみたい。

そりゃあ魔力不足に陥《おちい》るわけだ。

それからはどちらが雇用主かわからないってくらい、私は色々と提案した。元の世界だろうが異世界だろうが、植物たちを世話するのに、やり方はそう違わないはずだ。

この植物園での仕事をおおまかに分類すると、三つある。まずはここにしかない珍しい植物を保存していくこと。次に農作物の種子を一定量貯蔵しておき、魔物の被害にあった村へ苗にして届けること。それから自給自足のための畑の管理だ。

これらをこなすために、魔法を使う作業とそうでないものを選別する。体力も魔力も無限ではないのだもの、ちゃんと考えて動かないとね。

そんな理由で日課にしたのが、朝食をとりながら一日の作業予定を立てること。

「ねえレヴィ、元気になったのなら、あなたも一緒に苗の植え替えをしてみる?」

「ぜひやらせてほしい」

そうして、植え替え作業は日が高くなって暑くなる前に終えてしまおうということになった。

食べ終えた朝食の器を持って二人でカウンター裏に入ると、そこには仕切りで外からは見えないが、地下に続く階段がある。

「アズ、少し畑に出てくるから、留守番をたのむ」

食器を手にレヴィが声をかけると、しばらくしてから兎の頭がひょっこりと階下から顔を出した。くりっと大きな目が、レヴィと私を見つめる。相変わらず何を考えているのかさっぱりわからないが、可愛らしく首を傾け、片耳がちょっぴり下がっている。

どうやらやはりレヴィには通じているようで。

「今手が離せないのか？」

するとアズは慌てて階下に戻っていく。それを追いかけて階段を下りるレヴィの後ろに、私も続いた。

レヴィとともに住むこの植物園の家には、シンボルツリーのような樹がある。南のテラス脇に、壁に添うようにして生えていて、その太い根は家の下に入り込み、地下にぽっかりと開いた空間と家を支える役目を担っていた。

地下に降りると、いつもはひんやりしているはずの空気が温かく、そしてとても甘酸っぱい、いい匂いがしてくる。

薄暗い室内には小さいながらも明かり取りがあり、昼間はランプがいらない。その中央にある竈《かまど》は、アズの大事な調理場だ。竈《かまど》からは煙突を通じて、煙が排出される。

地下室はトンネルのような細い通路を通じて、いくつかの部屋が連なっているらしい。製作者が兎のアズと聞いて、私はなるほどと納得した。

竈《かまど》の前にアズが背を向けて立っていて、大きな鍋の中身を、これまた大きな匙《さじ》でぐるぐるとかき混ぜていた。

背を向けているアズの小さな尻尾が、鍋をかき混ぜるのに合わせてリズミカルに揺れる。

「へえ。好物の蜂蜜が手に入ったんだね、アズ」

アズは大鍋でリンゴのコンポートを作っているみたい。台の上にリンゴの皮や芯、巣蜜のかけらが積んである。

アズはとても食いしん坊で料理好き。彼の作るご飯は、とても美味しい。もちろんスイーツも。

でもそれ以外は、働かない。

というか、そもそも兎なんだから料理するのもすごいとは思うけれど。

アズは手が離せないようなので、レヴィと手分けして食器を洗い、片付けを終える。

拭いた皿をレヴィに渡すと、彼は私の手が届かない高い戸棚にそれをしまった。けれども、ふと何かに気づいた様子で、棚の奥に手を伸ばす。

「……どうしたのレヴィ？」

私がそう聞くと、鍋をかき混ぜていたはずのアズが、レヴィの姿を見て匙《さじ》を取り落とした。

「アズ」

彼の名を呼ぶレヴィの声には、どこか咎《とが》めるような響きがある。

そのレヴィの手元を見ると、保存瓶が一本。

「これはダメだと、言ったはずだよね。もう何度目だい？」

アズはちょっぴり縮こまった様子で、小さな指のついた両手を広げ、ぎこちなく数を数えている。

片方の手を握りしめ、そして反対側の親指？　を折ったところで、首を傾げる。

「八回目だ。誤魔化すなよ」

どうやらアズは、レヴィには頭が上がらないらしい。レヴィが呆れたように言うと、アズは両手を背中に回して何度も頷《うなず》く。

その仕草が可愛らしくて、つい助け舟を出してしまう。

「ねえ、それって何？　ジュースか何か？」

見たところ液体が入っている。透明な瓶に少しだけ濁った水のような……果汁か何かだろうか。

でもレヴィの答えは意外なものだった。

「蜂蜜酒」

ん？

アズを見ると、困ったと言いたげに短い両手で頬をおさえている。

「アズの好物なんだが、飲むと酔って暴れるんだ……没収だよ、いいねアズ？」

アズは短い手で頭を抱え、耳を前に倒しながら、しゅんとする。

いやでも、ちょっと待って、あなた兎、だよね。蜂蜜酒が好物って……

私はつい、彼の背中のもふもふの中に禁断《ファスナー》のアレが見えやしないかと、凝視してしまうのだった。

「すごく落ち込んでいたけど、大丈夫かなアズ」

蜂蜜酒を没収されたアズに留守番を頼み、私はとっておきの花畑に案内してもらっていた。

私たちが普段過ごす母屋の南西側、広い花畑を越えた先に、珍しい花を植えた場所があるのだぞう。そこは背の高い生垣が迷路のように入り組んでいて、外からは見えない造りなのだとか。

「アズの酒癖は本当にたちが悪いんだ。同情は禁物だよ」

「暴れるって言ってたけど……」

あの着ぐるみのごとく可愛らしい容姿で暴れる姿を想像しても、微笑ましいとすら思える。むしろ私なら、好機とばかりに抱き着きたいくらい。

「たぶん、花純の想像は間違っているよ。兎といえどあの特大サイズだからね、アズの歯は花純の腕くらいは砕くし、後ろ足で蹴られれば私でも吹っ飛ぶ」

「え……それは、ちょっと」

嫌だなあ。

「というか、そもそもアズって本当に兎なの？　私の知ってる兎は野菜や果物以外食べないし、料理もしないわ」

「うん、だけどまあ……兎としか言いようがない、かな」

いや、それはわかるよ。

ここは異世界だし、そういう種類もいるのだろうか。でもこれまで見聞きした兎は、私の知る兎と変わらなかったから、やっぱりアズだけが特別なのかな。

考え込む私に、少しだけ眉を下げてレヴィが手を差し出す。

「アズのことばかりでなく、花純には私や植物園のことをもっと知ってほしい。思ったよりも私の回復が遅れたせいで、出遅れた感は否めないけれど」

「あら、やきもちみたいで可愛いのね、レヴィ。大丈夫よ、だって私、すっかり植物園に夢中だもの」

するとレヴィは驚いたように漆黒の目を大きく見開き、それから極上の笑顔を見せる。

私もつられて笑いながら、彼の後について狭い生垣の間をすり抜ける。

すると、がらりと景色が変わった。

「ここに植えてあるのは、森の奥に生えていた珍しい植物ばかりなんだ」

大きな岩がいくつか置かれていて、そこに寄生するように蔦《つた》が這い、蘭のような花が根を張っている。足元には多肉植物や、辺境の村ではあまり見かけない植物たちが寄せ植えにされている。中央には大きな葉を互い違いに茂らせた木があり、それがほどよく日陰をつくり、森のような環境に近づける手助けをしてくれているようだった。

レヴィはそのまま中央の木を通り抜け、木漏れ日が差す場所へ向かう。

そこは青々と茂るシロツメクサのような葉が、地面を覆っていた。ところどころに白い花が咲いていて、レヴィが一輪摘み取る。

「これはアズの好物でね。可哀想だから少し持っていってあげようと思って」

なんだかんだ言っても、レヴィは優しい。そうやって許してしまうから、アズも懲《こ》りないのかもしれないけれど。

「花の季節が終わったのかしら、少ないのね」

しかも、まばらに咲く花の合間に、茶色くなって萎《しお》れた花がちらほら見える。

「そういえば……困ったな。もう少し咲いてくれていると思ったんだが」

「レヴィ、私が魔法で咲かせてもいい？」

「ああ、花純が負担でなければ頼む。今までの花よりも少し大変かもしれないけれど」

「大丈夫よ」

安請け合いして、シロツメクサもどきに手をかざす。

知っている花に似ていると、咲いたところを想像できて集中しやすい。ここのところ広範囲に思いっきり魔法を使うことが多かったけれど、この花園はとても密集している。他の草木に影響が出ないよう、慎重に。

すると、思った以上に手こずった。

「……あれ？」

ゆっくりとだが、花は咲いた。きっとアズのお腹を満たしても余るほどには。

けれども、吸い取られた魔力量が、いつもよりかなり多く感じた。

「大丈夫かい？」

「うん、なんともないよ。でも今日は……調子が出なかったのかな？」

感覚的には、この倍ほどの花を咲かせるくらい、魔力を使った気がする。

「ここに集めた植物は、魔の森に自生するものなんだ」

「魔の森で自生する植物？」

「ああ、魔の森というのは、死の山を囲むように広がる、危険な森だ。魔力の多い土地だから、そこに自生する植物も変わった特性がある」

「魔法が効かないってこと？」

「違う、むしろ反対で、魔力を養分にしているんだ。もちろん普通に根からも養分を吸収しているけれど、どうやら花を咲かせるには普通の植物より多くの魔力を必要とするらしい。だから花を咲かせようとすると、他の植物以上に、魔力をもっていかれるんだ」

数百種類はあるだろうか。密集して植えられている多種多様な草木の園を見渡して、私は感嘆のため息をつく。

「レヴィが倒れるほど、魔力を使ってしまった原因は、これだったのね」

「比重としたら最も重いのはここかもしれない。ここを枯らしてしまうと、復元するのはとても難しいんだ。貴重な植物をまた一から集めなければならないから。それに、アズの好物があるしね」

まさか最後の一言が本音では。レヴィは軽口を装うが、きっと苦労したろうと思う。

「元々アズは、廃園になったこの場所に巣を作って、私より先に住み着いていたんだ。この花を目当てに。もちろん勝手にだが」

「……食べ尽くしちゃわなかったんだ？」

「根元が少し残っていたくらいで、枯れる寸前だった。回復させるのにかなり魔力を使ったよ」

ははは、やっぱり。

レヴィは苦笑いを浮かべてはいるけれど、それだけだ。彼がアズを追いださなかったのは、可愛さゆえだろうか。あのつぶらな瞳で懇願《こんがん》されたら、何でも許しちゃいそうだものね。

「まあさすがに、一週間前はきつかったな。アズがこっそり蜂蜜酒を飲んで暴れて。ああ、今は特に蜂蜜の季節だからで、年中というわけじゃないから心配いらないよ。しかしあの時は、ここに好物をつまみにきたついでに、他のものまで壊してしまって、本当にまいったよ」

ん？　一週間前って。

「じゃあ、あんな手段で勧誘するほど急いでいたのは、アズのせい？」

「いや、うん……でもそれだけじゃない。ちょうどここから二つ北にいった村に、魔物の襲撃があったばかりで、かなりの量の種を芽吹かせて運んだり、色々と重なってね。もうあの時に花純を逃がしてしまったら、また追いつくまで数日ロスしたろうし、焦りで冷静じゃなくなっていて」

そんな無茶をしていたのかと、呆気にとられる。それをレヴィが勘違いしたようで「あの時はすまなかった」と、もう何度目かわからない謝罪を口にした。

そして再び片膝をつくレヴィを止めるのも、これで何度目だろう。

イケメン姿で膝を折られると、私の心臓が勝手に暴れるので、本当に困るんだけどな。

私たちはアズのための白い花を摘み、籠《かご》に集めた。それから計画していた通りに植え替え作業をするため、別の花畑に向かう。

朝食前に出しておいた指示をこなした使役人形たちは、花壇の縁にお行儀よく並んで座っていた。

レヴィにお願いして彼らを動かしてもらい、また新たな仕事を与える。

「土をならしておいてくれて助かったわ、みんなありがとう。さっそく苗を植えていくから、これくらいの深さで、均等に穴を掘ってもらえる？」

もうすぐ花を咲かせる低木の周囲に、苗を植えこむ手順を見せる。

彼らはとても覚えがよくて、細かく指示を出せばすぐに理解して願った通りの動きをしてくれた。

私は真新しい手袋とともに、新たに苗をレヴィに渡す。

「魔法を使わずに育てることを、最近はすっかり忘れていた」

レヴィは愛おしいと言いたげに、手にした小さな苗を見つめていた。

広大な植物園をたった一人で管理していたのだもの。余裕がなかったのも仕方がないことだろう。

「ちょっと手を貸してあげれば、本来は勝手に咲くものよ。花を咲かせる力は、植物にもともと備わっているのだから。魔法は、少しの季節を省略できるだけ」

「魔法で何とかすればいい、そう考えていたのは間違いだった」

うん、すぐに育つ草花や野菜ならそれでもいいだろう。けれども木を育てるには何年もの時を省略してしまう。ニッコスの実をとるために花を咲かせるくらいならまだいいけれど、何年もかけて大きくなる木を一から育てるほどの力は膨大だ。それに、植物にだって限界はあるに違いない。

レヴィは使役人形九番さんが掘った小さな穴に、苗を置いてそっと土をかける。そうして手際よく植え替えられた苗に、水をまいた。

「種を播《ま》いて少しずつ成長する姿を見守るのも、楽しいと思うよ。手をかけた分、花を咲かせてくれた日はすごく嬉しくて幸せな気分になるもの」

「本当に助かるよ。花純が来てくれなかったら、あのまま魔法だけに頼って、いずれはすべてをダメにしていたかもしれない」

「役に立てたなら、嬉しい」

要らないと言われたこの魔法だけでなく、私が花と向き合う姿勢も必要とされる。こんなに嬉しいことはない。私はここで頑張ろう、本心からそう思えた。


植え替えの畑から家に戻ると、籠《かご》を抱える私に気づいたアズが丸まっていた背をぴんと伸ばし、赤い目を輝かせてこちらにやってきた。

いつもは色んな方向を向いている大きな耳が、全面的にこちら……私の抱える籠《かご》に向いている。ツンと突き出した鼻をヒクヒクさせて、それにつられて白いひげが揺れている。

「あの、これアズに。私が咲かせてみたの、いつも美味しいご飯をありがとう」

するとアズは両手を広げ、私ごと籠《かご》を抱え込んだ。

もふもふとした兎の毛に包まれたけれども、彼の毛があんまりにも柔らかくてびっくり。

「そ、そんなに慌てなくても誰も取らないよ？」

アズはシロツメクサもどきに夢中なのか、よく動く耳とともに頭をぐりぐり寄せてくる。

「わっふ」

ちょっともふもふが気持ち良すぎて、昇天しそう。

「アズ、花純が苦しそうだ」

レヴィに注意され、アズははっとして私だけ解放する。

大好物の花を籠《かご》ごと抱えたまま、アズはいつもの地下室ではなく、日当たりのいい窓のそばにあるラグの上へ。そこに座ると鼻を籠《かご》に突っ込み、目を細めながら好物の匂いを嗅いでいる。次第に大きな両足がだらりと垂れて、だらしなく投げ出されていくのは、どう見ても腑抜《ふぬ》け状態。

ふふっ、まるで猫にマタタビみたい。

「そんなに好きなんだ、なんて可愛いのアズは」

「……可愛い？　あいつが？」

ん？　振り返ると、レヴィが面白くない、といった顔をしている。

「花純、アレはオスだぞ」

「うん、そうだね」

教えてくれたのは、レヴィだしね？

それがどうしたのかと首を捻ると、「いやそうじゃなくて、つまり」と、ぶつぶつ言うレヴィ。

私にはあの大兎が小さな白い花に夢中という、可愛いものと可愛いものの乗算で、何それ悶えるご馳走様、ってくらいなのに。彼にとっては見慣れた光景なのかしら。

そんな暴走気味の私を置いて、レヴィはアズにこう告げた。

「アズ、それを食べる前に、わかっているだろうね？」

レヴィがそう言うと、アズはしばらく籠《かご》とレヴィを見比べて、何かを悩んでいる。しばらく頭を抱えていたと思えば、抱えていた籠《かご》を床に置き、地下に向かう。

どうしたのだろうと思いながら待っていると、何やら地下からゴトゴト音がしてきた。

「……やっぱり」

レヴィが苦笑いを浮かべるのと同時に、アズがカウンターの向こうから戻ってきた。

その両手には、三本の瓶。

どうやら、レヴィが見つけた蜂蜜酒は、ほんの一部だったらしい。

おずおずとアズが差し出す瓶を、レヴィが受け取る。

「これは預かっておくよ。決めた量だけを出すから、それでいいね？」

アズは二度頷《うなず》いて、レヴィの許しを得た。

そんなに好きなものを取り上げたら、ちょっと可哀想な気がしてくるなぁ。そんな気持ちが顔に出ていたのかもしれない。

「見た目に騙《だま》されたらダメだよ、花純」

「うん、わかってるんだけど……もふもふには弱くて」

アズは私たちとのやり取りなど、どうでも良いのだろう。再びラグの上でだらりと足を投げ出し、抱えた籠《かご》の中から白い花を一本取り出して、ぱくりと口に入れる。

するとと全身の毛をぶるりと震わせて、目を細める。

シロツメクサもどきがそんなに美味しいのかな。

葉っぱのほうではなくて、どうやら花が好みみたい。まあ、蜂蜜酒が好きなのだから、甘い蜜が彼にとってはごちそうなのかも。

レヴィはそんなアズに呆れ顔だが、なんだかんだとアズの好物を用意してあげるくらいなのだ。本当はとても仲良しなんだとわかると、私まで嬉しくなってしまう。

そんな二人——一人と一匹？　の緩やかな時間。そこに迎えられた幸運を、私はかみしめていた。

第四章　三匹の子犬

リヒトたちが被害の酷い地域をあえて選んで移動していたこともあり、私がこの世界に来てからずっと目にしてきた景色は、植物園の穏やかさとは真逆なものだった。

そんな私たちの前には、大きな爪で引き裂かれた傷、飛び散る血と、壊された家屋、悲しみの涙ばかり。魔物を倒せば感謝されるものの、私たちを見送る村人たちの顔から、不安が完全に消えることはなかった。

あれは、私が冒険者になって、五つ目に訪れた村だった。

魔物が群れとなって村を襲っていると知らせを受けて駆けつけたものの、間に合わなかった。私たちが到着した時には家々は壊され、たくさんの人が倒れていて……。魔物たちが、残った村人たちを追い詰めていた。リヒトたちがなんとか追い払うことに成功したものの……

私は怖くて、怖くて。ただ震えて木の陰に隠れているしかなくて。

魔物が去った後でさえも、怪我人の治療をする仲間の横で、何もできなかった。

その私の足に、小さな手が縋《すが》った。擦り傷だらけの小さな子供だった。

大変。そう思って子供を抱き上げようとしたら、子供の身体に回された腕がある。藪《やぶ》をかき分けたら、子供の母親がそこで事切れていた。

子供を庇い抱きしめ亡くなった母親を見て、私は心から願った。

魔法が使えるようになりたい、みんなの役に立ちたいと。

でも私の心の叫びがもたらしたのは、ただ宙に浮く紫の花だった。ひらひらと舞う、ただの花。

死者を弔い、残された者たちを慰めるだけ。

母親の死に泣き叫ぶ子供に、私がしてやれることは、本当に何もなかった。

すぐに騒ぎを聞きつけて、リヒトたちが来てくれた。

でもリヒトにも、何もできることはなくて。ただ子供を抱いて呆然とする私を、見下ろすだけだった。

『彼らを見てなんとも思わないのか？』

彼は私を責めることはなかったけれど、そう糾弾《きゅうだん》されている気がしてならなかった。

気づけば、逃げ出していた。

なのに声が、私をどこまでも追いかけてくる。

『役立たず』

『本当に、努力する気があるのか』

うそよ。リヒトはそんなことは決して口にしなかった。

『そりゃそうだよ。思っていても言わないだけだ』

『優しくされても、あなた聞き分けられないでしょう？　リヒトの思いやりを理解なさいな』

胸の奥が痛くて、足がもつれる。

これは夢だ。ならこうして目を瞑《つむ》っていれば、元の世界に帰れるんじゃないかって、どこかで思ってた。

疑心暗鬼。恐怖、不安、猜疑心《さいぎしん》、卑屈。こんな見たくもない感情を、どうして見せつけるのか。

突然私をこんな世界《ところ》に放り出した犯人がいるのなら、許せない。

どろどろとした感情が湧き上がってくるのをどうしたら止められるか、わからなかった。

夢なら醒めて。

いつしか泥のようなものに足を搦《から》めとられ、もうダメかと思った時だった。

——花純？

「はっ、……くしゅん！」

目を開けると、視界いっぱいの白いもふもふ。鼻をくすぐる毛に、再びくしゃみがひとつ。

すると、今度ははっきりと自分の名を呼ぶ声が聞こえた。

「花純、大丈夫か？」

起き上がると、目の前にひどく心配そうな、レヴィの顔がある。

柔らかなソファかと思ったのは、ふわふわのアズのお腹だったみたい。ゆっくりと上下するそのリズムに、緊張していた身体から力が抜ける。

ああ、そうだ。ラグで横たわるアズにもたれかかっているうちに、寝てしまったんだっけ。

じゃあ、今のは夢……

私は安堵のため息をつく。夢で、よかった。

「うなされていたようだが、どうした？」

「うん、大丈夫。ちょっと夢見が悪かったみたい」

ここに来て忙しかったせいか、リヒトたちのことは思い出す暇もなかった。でも心の奥では、劣等感も喪失感もなくなっていないのかもしれない。

寝そべっていた上半身を持ち上げたアズが、大きなあくびをする。そしてしばらく私を観察していたけれど、ふいに立ち上がって地下に去っていく。

「起きるまで、待っていてくれたのかな。素っ気ないようで、アズって優しいんだよね」

ラグの上で長く伸びたアズに引っ付いて、寝ていたんだと思う。なんて図々しいやつだと、アズに呆れられてないといいな。

アズの背を目で追う私に、レヴィがハンカチを差し出してくれた。

「ありがとう」

どうやら寝汗をかいていたみたいで、遠慮なく使わせてもらう。

すると、しばらく様子を見ていたレヴィが手を伸ばして、私の頭を撫でる。

「ここでは、誰にも花純を傷つけさせないと約束する。花純が安心できるように」

「し、心配かけちゃって、ごめんね。大丈夫よ、ほんと」

「花純」

頭を撫でていた手が下りてきて、頰を包むようにそっと添えられた。

そのせいで、落ち着きはじめた心臓が跳ねる。

レヴィは優しい、労《いたわ》るような表情を少しだけ強張らせ、じっと見つめてくる。

本格的に動揺しパニックになりかけたのだけれども、彼が続けた言葉で私の目が点になった。

「花純はそんなに、もふもふとやらが好きなのか？」

……もふもふって、なぜいきなりその話題？

だがレヴィは真剣そのもので、質問をさらに重ねてくる。

「ここ数日にわたって考察した結果、もふもふとは柔らかく密集した毛のことのようだが、間違いではないか？　花純は毛深い生き物が好きなのか」

「ええと、動物は好きよ。実家ではいつも犬や猫がそばにいたし、犬なんてちょっと強引に抱きついても、許してくれるところがたまらないし、暇さえあれば頰ずりしたいし」

「ほ、頰ずり……、なんてことだ」

レヴィが、ショックを受けている。なぜ？

「いっそ私もアズのように毛まみれだったら良かったのに」

「毛まみれの、レヴィ」

一瞬だけ、毛むくじゃらのレヴィを想像して、首を横に振った。

「ダメダメ、せっかく見目麗《みめうるわ》しくなったというのに、なんでそうなるの！」

「だって昼寝している花純とアズが仲良さそうで、うらやましかったんだ」

少しだけ口を尖《とが》らせ、子供のように言うレヴィ。

大の大人が何を言っているのかと突っ込むつもりが、先に笑いがこみ上げてしまった。

「じゃあ、次はレヴィももふもふしよう。私と一緒にアズを抱きしめたらいいわ」

「一緒に？」

「そう、両手でね。きっと幸せな気持ちになれるわ」

そういえばレヴィってば、アズを優しく見守りつつも、彼を抱きしめたり、撫でたりはしない。

これはいいアイデアよね。

私の笑顔につられるように、彼も幸せそうな笑みを返してくれた。

そんな私たちに、アズから冷えたレモネードが届く。そうして三人で午後のお茶をいただいていると、悪夢も淀んだ感情も、いつしか吹き飛んでいた。


植物園で働きはじめて、十日ほど経った。

午後のお茶を終えたあと、私は櫛《くし》を手にアズの毛づくろいをしようと迫り、レヴィは定期的に届けられる新聞を読んでいた。そんないつもの昼下がり。

あまりしつこくして嫌われたら哀しいので、逃げようとするアズを解放し、ふとレヴィを見る。

するといつも以上に、真剣な面持ちの様子。何かあったのかしらと彼の手元をのぞくと、不穏な見出しが目に飛び込んできた。

『ベントーレ村、怪我人多数。魔物の被害でニルヴの予定していた半分が収穫見込めず』

また魔物の襲撃のようだ。

ベントーレという村はここから北にあり、魔王が住まうと言われる死の山からは、ずっと離れているはず。そんな場所にも魔物が現れるようになってしまったなんて。

「ニルヴは知ってるかい、花純？」

「うん、根菜よね。砂糖の原料になる……」

「そう。とても重要な作物なんだ」

そう教えてくれながらも、レヴィの視線は新聞の文字を追い続けていた。

記事によると、事件があったのは、五日前。

新聞の配達はこの植物園のあるニルヘム村では、四、五日に一度だそう。以前は三日に一度はあったみたいだから、魔物の影響がそんなところにまで出ているのだとわかる。

「悪いが花純、また力を貸して欲しい」

「苗を用意するのね、もちろん任せて。どこまで育てたらいい？」

「調べてみよう、少し待っていてくれ」

レヴィが新しく作ったばかりの書棚に向かう。

そこには植物園の前の持ち主が揃えた蔵書を並べてある。以前は物置の奥にしまってあったものを、私があまりにも頻繁にレヴィを質問攻めにするから、すぐ出せる位置に移動したのだ。

そのうちの一冊を手に取り、ニルヴの栽培方法のページを開く。

「夏をようやく迎えようとしていたところだ。本来の収穫は冬前か……まだ間にあうだろうか」

収穫まで、およそ半分の栽培期間を過ぎている。レヴィと相談して大き目のポットに苗を育成してから届けることになった。苗とは言うが、実際はかなり成長させた株になりそう。

書物によるとニルヴは二年生植物で、幸運なことに収穫は花期を終えてからだそう。私の魔法は花を咲かせることに特化しているので、ただ成長させるだけよりもやりやすい。

さっそくレヴィが使役人形たちを作る要領で、縦長の苗ポットを作る。

そこに種を播《ま》いたら、次は私の番。ニルヴ独特の大きな葉をかきわけて、花を咲かせるためのとうが伸びる姿を想像しながら、魔法をかけていく。

慌ただしく作業が進み、夕方には苗の準備がすべて整った。

私はてっきり夜が明けてから出発するものとばかり思っていたのだけれど、レヴィは既に以前見た長いコートを着込み、使役人形と同じように魔法で黒い馬車を作り上げていた。

その様子は、まるでおとぎ話を見ているかのような光景だった。

けれど馬車の材料はお話とは違ってかぼちゃなどではなく、剪定《せんてい》した生垣の枝や収穫したあとの穀物の根。それから放っておくとすぐに繁殖してしまう、森から伸びてきた蔓《つる》など。そういったものが、音を立てて絡みあい、あっという間に大きな馬車と二頭の馬に姿を変える。

「……すごい」

これほどの質量のものを作り上げるにはどれほどの魔力が必要なのだろうか。

唖然としているのを、振り向いたレヴィに見られてしまい、私は慌てて口を閉じる。

「花純、きみを一人きりにするのは忍びないのだが……」

「まって、明日の早朝に出発したほうがよいのではないの？　まだ魔物が近くをうろついているかもしれないし、暗い中での移動は危険よ」

暗闇の中では、人間はとても弱い。魔物はもちろん、ただの動物でも襲われたら無事ではすまない。冒険者も、夜は野営をして最も警戒するくらいなのだ。

しかしレヴィは「そうだね」と私の言葉を肯定しながらも、馬車に苗を積み込む人形たちを止めようとはしなかった。

「私の馬車は、魔物には襲われない。大丈夫。今出発すれば夜明けにはベントーレ村に着くだろう。早く引き渡せば、明日の午後には戻ってこられる」

「でも……」

「花純、ベントーレ村の人々は今、何もかも壊されて絶望しているに違いない。だがこの苗を見ればどれほど喜ぶだろう。それだけではない、未来に希望が差してまた頑張ろうと思ってくれると、私は信じているんだ」

「レヴィ……」

未来への希望。

レヴィは村人たちの心まで思いやっているのだと、私は言葉にできないほど感動していた。

「わかったわ。アズたちと留守番をしているから、くれぐれも気をつけて行ってきて」

「ああ、もちろんだ花純、ありがとう。留守を頼むよ」

お礼を言わなければならないのは私のほうなのに、彼にはいつも先を越されてしまう。

「うん、まかせて！」

使役人形たちがポットに葉を茂らせたニルヴの苗と、ついでにいくつかの小さな花の苗を積み終わると、待っていたかのように、アズが家から出てきた。

その手には、小さな包みが下げられている。

「アズ、私に弁当を作ってくれたのかい？」

アズが二つ頷《うなず》きながら、レヴィに包みを押し付ける。白い布で結ばれた布の間から、いつも私が水やりしている赤い薔薇の花がはみ出していた。

危険な夜の旅路のなかで、花はレヴィを慰めてくれるに違いない。

「じゃあ行ってくる」

レヴィが乗り込むと、馬車は走り出す。

私とアズは、その黒い影が見えなくなるまで手を振り続けていた。

「おはよう、アズ。昨夜はなかなか寝付けなくて、寝坊しちゃった」

レヴィが旅立った翌朝、寝不足で腫《は》れぼったい瞼《まぶた》をこすりながら階段を降りると、朝食の支度を終えてトレイを持つアズと出くわした。黙って私を見上げる彼に、聞かれてもいないのに、ついそんな言い訳をしてしまう。

留守番をするのだから、しっかりしなくちゃと思えば思うほど、レヴィの不在を意識してしまい、様々な不安が頭をよぎって目が冴えてしまったのだ。

そんな私にアズは背伸びをして、柔らかい手を私の頭にポンと置く。

どうやら彼なりに慰めてくれているみたい。

「……ありがとう」

そう言って微笑み返すと、安心したのかアズは地下の自分の部屋に戻っていった。

いつも通りにアズが作ってくれた温かいスープとパンをいただきながら、今日の予定を頭のなかで組み立てていく。レヴィがいない日だからこそ、しっかりといつも通りの日常をこなし、この植物園の一員であることを証明しなければ。

優しいレヴィとアズにとって、役立つ人間でありたい。

ということで、今日も使役人形さんたちと、順調に花を咲かせた花壇の手入れをする予定。

花がら摘みや落ちた花弁や葉の処理は、手を抜くと株を弱らせる。花を長持ちさせ病気を防ぐために、とても大切な作業だ。

「じゃあ今日もよろしくね、みんな」

使役人形たちと分担しながら、作業に入る。

しかし——、魔法を施したレヴィが遠く離れていても、いつも通り動くだなんて。いったいどういう仕組みになっているのだろう。いつもながら不思議。

仲間だったサヴィエには、結界などの魔法は、術者が遠ざかると消えてしまうのだと、旅の途中で教わった。

もしかしてレヴィって、すごい魔法使いなんじゃないのかな。

そういえば、レヴィのことって、よく知らない。植物園に来る前は何をしていた人なんだろう。

アズに聞くわけにもいかないし、帰ってきたら本人に聞いてみようかな。

手を動かしながら彼のことを考えているうちに、予定していた作業は完了した。

人形たちに礼を言って休んでもらい、魔の森の植物たちが植えられている庭園に向かう。

実はもう少しで咲きそうな花があり、ここ数日今か今かと待っているところなのよね。とても珍しい花らしく、毎日魔法で開花を促《うなが》しているところ。

ここに来てから私は魔法の力加減、特に弱く絞るほうの制御が苦手だとわかった。無差別に花を咲かせるのは簡単なのだけれど、一本に集中し、しかも狙った程度の変化に留めるのがとても難しい。

そんなノーコンな私の訓練に丁度いいということで、森の植物たちを育成するための毎日の微量な魔法、それから開花を控える花たちのための後押しを任されている。

生垣を抜けて庭園に入り、植物たちの状態をチェックしながら奥へ進む。

高い生垣と大きな木で日差しを和らげているせいか、一歩入るとひんやりとした空気を感じた。

「ビスケスさん、今日のご機嫌はどうかしら？」

ビスケスというのが、開花を待っている花の名前。

樹形や葉っぱの形、それからふくらんだ蕾《つぼみ》の状態を見るに、どうやらハイビスカスに似た品種らしい。開花した姿も似ているのではないかと、私は密かに期待している。

やっぱり元の世界との共通点を見つけると、嬉しい。

けれどもそんなワクワクは、目の前の光景に打ち壊されてしまった。

「……な、何これ」

大きな樫《かし》の木の下に植えられた低木が、ことごとくなぎ倒されていた。

すぐ脇の生垣に大きな穴があき、折れた枝が通路にまで散乱している。そこからまるで大きな獣か何かが通ったかのように、踏みつけられた跡がまっすぐ奥に続いていた。まさにその先に、ビスケスが植えられている。

どうしようかと躊躇《ちゅうちょ》する暇はなかった。

このまま折れた枝をかき分けて進むとさらに植物たちを傷《いた》めてしまう。私は急いで通路に戻り、遠回りで庭園の奥に向かう。

ビスケスを楽しみにしていたのは確かだけれど、それだけじゃない。ここはレヴィにとっても大事な庭園なのだ。失ったら、きっと悲しむ。

彼が留守のこの時に、台なしにするわけにはいかない。

植物園を守らないと。私はそれだけを考えて走り出した。

息を切らしながらビスケスのもとに辿り着いた私は、予想以上の惨状に、思わず膝を折る。

「……ひどい、こんなことって」

低木種の植木が踏み越えられているだけでなく、その場で何者かが暴れたような跡がある。

花を待ち望んでいたビスケスの枝は根元から折れ曲がり、葉は散らされ、ようやく膨らんだ蕾《つぼみ》はそのまま落ちてしまっている。

けれどもたくさん蕾《つぼみ》をつけていたため、落ちずに枝に残っているものもあった。

私は這《は》うようにしてビスケスの木に近づき、どうにか残ったものだけでも元気にしてあげられないかと、状態をよく観察する。

鮮やかな赤と黄色の花弁の二種類、それぞれ五株ずつ植えられていたのだけれど、かろうじて残ったのは二株ずつ。しかし無傷とはいかず、枝が裂けていた。

私は付けていたエプロンの端を破き、どうにか継げないだろうかと、裂けた幹に枝を寄せてぐるぐる巻きにする。

「おねがい、枯れてしまわないで」

けれども涙がにじんできて、うまく巻けない。

低木とはいえ木の高さは一メートルを越えていて、かなりの重さがある。私の頼りない左手一本で傷を合わせながら支え、布を巻きつけるのは至難の業だ。

何か道具があれば……周囲を見回した時だった。

ビスケスよりも奥、生垣にちかい藪《やぶ》が、がさがさと揺れた。

同時に、私の心臓が跳ねる。

ビスケスやその他の惨状に気を取られていたけれど、庭園を荒らした者が、いったい何なのか。それがすっかり頭から抜け落ちていた。

――まずい、かもしれない。

私はビスケスをそっと置くと、震える足に力を入れ、尻餅をついたまま後ずさる。

その間にも藪《やぶ》は音を立てて揺れる。私はそこから目を離すことができなかった。

グルルルゥ――

その唸り声に思わず悲鳴を上げそうになり、とっさに自分の口を手で塞《ふさ》ぐ。

獣の、息遣いだ。ううん、もしかしたら魔物かもしれない。その可能性を思いつき、身体が硬直してしまった。

逃げなければ。でも動いて見つかったら、それこそすぐに食べられてしまうかもしれない。だったら息をひそめてやり過ごすべきだろうか。

揺れる藪《やぶ》の動きから推測すると、そうとう大きなものが潜んでいる。

魔物だろうが、森の野生動物だろうが、このままでは無事に済まないだろう。自分の武器は、園芸用の小さな携帯鎌と鋏《はさみ》、スコップくらい。魔法は――

『役立たず』

頭の中に響くそんな声から逃れるように、ぎゅっと目を瞑《つむ》って頭を振る。

冒険者パーティにいた時も命の危険はあったけれど、頼りになる仲間がいた。私一人でなんとかしようなんて、考えなくてよかった。自分は何もできない。それは事実だけど、できるようになるまではと待っていてくれたし、私もずっと受け身のままだった。

でも、今は一人。

考えている間にも、心臓が口から出てきそう。緊張で手は汗でびっしょり。

でも――。いってらっしゃいと見送ったレヴィを思い出す。このままお別れなんて、絶対に嫌だ。できることはなんでもやってみようと手に魔力を最大限にためた、その時だった。

藪《やぶ》が大きく揺れて、長い枝が音を立ててしなる。

そして枝をかき分けて現れたのは、灰色の大きな獣。そして荒い鼻息とともにもたげられた頭を見て、私は青ざめるしかなかった。

赤い目をした凶悪な犬。一体の身体に頭が三つ。それぞれの口元から赤い舌を垂らし、涎《よだれ》をこぼしながらこちらを見ている。

ケルベロス――魔物だ。

「た、たすけ……」

練った魔力が、恐怖で霧散する。

本格的に腰を抜かしてしまい、一歩も動けない。

食べられる――

そう思った私の頭上を、突如大きな白い影が跳び越え、そしてケルベロスの前に立ちふさがった。

長い耳、赤いベスト、それから丸くて白い尻尾。毎日強引に毛づくろいにいそしんだその毛並みを、間違えるわけない。

「ア、アズ！」

ちらりとこちらに向けられた、兎顔。

けれどもその目は見たこともないくらい険しく、鋭いものに変わっていた。

それだけじゃない。白く小さな手には、愛用の肉切包丁と二股のミートフォークが握られている。

どういう、こと？

ケルベロスは、突然現れたアズに驚いた様子だったけれど、すぐに低い唸り声を上げて頭を低くして、臨戦態勢に入った。

「あぶない、アズ。逃げて！」

かすれて声がうまく出ないけれど、私は必死にそう叫んでいた。

そんな私の声は届いているはずなのに、アズは逃げようとするどころか荒い鼻息をつき、大きな前歯をむき出しにして、ケルベロスを威嚇《いかく》する。

それが合図となり、ケルベロスが大きな口を開けてアズに襲いかかった。

「きゃあ！」

私は最悪の事態を思い描き、目を瞑《つむ》って悲鳴を上げた。

けれどもギリギリと音がするだけ。

そっと目を開けると、なんとアズが包丁とミートフォークを交差させ、ケルベロスの牙をしっかりと受け止めていた。相当な勢いで襲いかかられたのか、アズの立派な両足が後ずさり、土をえぐる。

このままじゃアズが……何とかしないと。

なかばやけくそで、私は再び魔力を練った。

アズを助けるため、自分のため、そしてここにいないレヴィのため、私はありったけの力を魔法に転換する。

私が使える魔法は、花を咲かせること。物言わぬ植物たちの時を巻く。

「アズ、今すぐ逃げて！」

周囲にあるすべての植物の芽が芽吹き、花芽が出て、花という花を咲かせる。

この森の庭園を囲む生垣には白い花、日陰をつくるための樫《かし》に似た木には控えめな新緑色の花、低木たちは桜にも似たピンク色の花弁を揺らし、色とりどりの花吹雪を巻き起こす。

花々に圧倒されたのか、ケルベロスがひるんだ隙に、アズが牙を押しのけたのが見えた。

よかった、役に立てた。

それでもケルベロスが諦めるわけもなく、再び地を蹴ってアズに襲いかかろうとする。

いや、恐ろしい牙の狙いは、アズではなかった。

アズの横をすり抜けこちらへ向かってくる。大きな口をさらに開け、涎《よだれ》をまき散らしながら……

私はもうダメだと身構える。

だが——ケルベロスは私ではなくその手前、咲き乱れるビスケスの花に頭から突っ込んでいった。

「…………え？」

低木はバキバキと音を立てて巨体を受け止め、かろうじて生き残っていた枝が、葉が、無残に落ちていく。

そんなことはおかまいなしにケルベロスはだらしなく舌を垂らし、大きな長い尻尾を、ぶんぶんと振り回している。ビスケスの上で身体をくねらせ、まるで犬のように全身を擦り付けているではないか。

いや、犬の魔物なんだろうけど。

「え、ええ……ええええええ？」

目の前で起こっていることが理解できず、私はケルベロスの醜態と、何か言いたげなアズとを見比べる。

するとハッとしたような仕草をした後、アズはひっくり返っているケルベロスの腹を、左足で思い切り踏みつけた。

ギャン、という声が響く。

「へ？　ちょ、ちょっとアズ！」

むしろ、今のうちに逃げるべきなのに、何してくれちゃってるの？

腹を足で踏みつけたまま、アズは持っていた刃物を使って、ケルベロスの首を押さえた。少しでも暴れると、三つのうちの一つの首が、胴体から切り離されそうだ。

そしてアズは、私のほうを見て、にやり、と悪い顔で嗤《わら》った。

――え？

「……ヤッテモイイカ」

くぐもったような小さな声。誰？　アズ……ってそんなはずないよね？

驚き、ふらつくように後ずさると、背が何かに当たる。

「乱暴はだめだよ、アズ」

聞き覚えのある声。そして支えるように私の肩に置かれた手をたどり、その人物を見上げた。

「……レヴィ？」

「うん、ただいま。もう少し急げばよかった。怖い思いをさせてしまったね、花純」

見送った時のままの黒いコートを纏《まと》い、レヴィはいつもと同じように、にっこりと微笑んでいた。

「少し待っていてくれる？」

そう言うとレヴィは私を一歩下がらせ、アズと大人しくなったケルベロスのもとへ向かった。

「あ、危ないから止めてレヴィ！」

「大丈夫だよ、心配しないで」

何が大丈夫なのよ、アズとは違ってレヴィは丸腰なのに！

けれども私が駆け寄るよりも早く、レヴィはケルベロスのそばに咲く、ビスケスの花をいくつか摘み取る。そしてアズが拘束しているケルベロスの三つの口に、なんと花を押し込んだのだ。

するとケルベロスはもがき苦しむように暴れだす。

もしかして、ビスケスは魔物にとって毒なのだろうか。

様子を見守っていると、アズの足の下で急に動きを止めるケルベロス。もしかして、事切れた？

だが、今度は急にポンと音を立てて、ケルベロスが小さく萎《しぼ》む。

いや、萎《しぼ》んだのではないみたい。

大きな毛玉のようになったものを、レヴィが左右の手でそれぞれ掴むと、それを私に差し出して満面の笑みでこう言った。

「ほら、大丈夫だったろう？」

彼の両手にぶらんとぶら下がるものは、灰色の毛玉。

ふさふさの毛に、つぶらな瞳。小さくなった口元から、これまた小さな舌がちょっとだけはみ出している。耳は前を向いて申し訳なさそうに垂れて、ぶら下がった足の間に、尻尾が丸く収まっている。

ええええー!?

「い、いぬ？」

レヴィの手からぶら下がるそれらが、キューンと鼻を鳴らす。

その横で、アズが包丁とフォークを小脇に抱え、空いた手で残りの一匹の首を掴んで持ち上げる。

先の子たちと同じ顔、同じ尻尾を巻いた子犬。

満足そうに微笑むレヴィと、なぜか私から視線を外すアズ。荒れ果てた庭園と、荒廃のなかで咲き乱れる花々。そして子犬三匹を見比べて、眩暈《めまい》がした。

どういうこと？

極上のもふもふ……もとい、可愛らしい子犬三匹をアズが抱えて去るのを見送ると、折れた枝と

えぐられた土、それから散らばる花びらの上で私はため息をつく。

魔物襲来。植物園にとっての危機を回避したのは、たいへん喜ばしいことなのだけれども。そもそも魔物って？　危機ってなんだったのか。

しかし、疑問を解消する前に、やらなければならないことが山積みだ。

「あとできっちり説明してもらいますからね」

すぐに弁明しようとしたレヴィを止める。

これ以上被害が拡大する心配がなくなった今、私たちがすべきことはひとつだ。

するとレヴィは、自分のせいではないのに申し訳なさそうに苦笑いを浮かべて、庭園の修復に動き出す。

とにかく、荒れた庭園をこのままにしてはおけない。

私たちは協力して、折れた枝でも修復できそうなものは繋ぎ合わせて手当をする。そこに魔法で少しだけ成長を促《うなが》せば、かなりの確率で再生できた。だが残念ながら切り落とすしかないものもあり、そちらには防腐の処置を施す。

種類によっては、花期が終わっていたものもあったので、それらは魔法で一気に休眠状態にさせて、腐葉土《ふようど》などで保護してあげる。

これだけ魔法を使い操作すると、土にも気を配らねばならない。急激な成長は、土中の栄養も枯渇させてしまうからだ。いくら追肥《ついひ》しても、すぐに植物への養分となるわけではない。その対策として、栄養たっぷりの土を混ぜてあげる。

とにかくやることが多い。

戻ったばかりで疲れているレヴィに無理を承知で頼み込み、使役人形を二十体に増やしてもらって対応した。

そうして復旧作業を終えたのは、日が沈みかける夕刻だった。

レヴィは、今日の重労働ですっかり汚れてしまった人形たちを片付けはじめる。まだほつれていない人形を残し、それ以外の人形たちは編んだセーターを解くかのように、しゅるしゅると解体していく。

解体されるのは可哀想な気がするけれど、同じ材料で編み直すだけだから死んだわけじゃないよ、とレヴィは笑う。

「みんな今日は本当にお疲れさま、また明日よろしくね」

使役人形たちにお礼を言う。そしてレヴィにも。

「これでようやく安心ね。レヴィも疲れていたでしょうに、ありがとう」

「いいや、花純こそあんなことがあったすぐ後に、大変だったね」

「元々好きな仕事だから平気。放っておくほうが辛いもの」

私たちは互いを労《いたわ》りながら、作業を終えた。

家に戻ると、美味しそうなスープの匂いが漂っていて、自然とお腹がぐうと鳴る。

「ただいま、アズ。それから……」

ちょうどテーブルをセッティングしていたアズが、手を止めて私たちを見る。そのアズの向こうには、ラグの片隅で三匹の子犬たちがお腹を出して寝息をたてていた。

「ええと、あの子たちのこと、なんて呼んだらいいのかしら？」

まさかケルベロスなんて呼ぶわけにもいかないし。

でもレヴィとアズは、私のそんな反応が意外だったのか、顔を見合わせている。

「だって、不便だわ」

「それは、そうだけど……襲ってきた相手だから、もっと警戒するかと思ってたよ」

「でもあんなに無防備な姿なんですもの。私は花ともふもふには弱いから」

「それなら、花純が名前をつけてあげたらどうかな」

「私が？」

「必要なんだろう？」

少し考えてみたものの、突然ではいい名前が浮かばない。

「うーん……太郎、二郎、三郎とかじゃあんまりだし、そもそも男の子？」

「さあ、どうかな？」

レヴィも三つの毛玉を見て肩をすくめる。

まだ出会ったばかりで、しかも寝ているし。簡単に決められるものでもない。

そんな私たちを横目にアズがお皿を並べる作業を再開したが、耳と肩が小刻みに揺れている。

さては、私の名付けセンスが皆無なのを笑っているのね、アズってば。

「まあそのことも含めて、食べながらゆっくり話そう」

「うん。じゃあ手を洗って着替えてくるね」

私はそう言って二階の自室に上がる。

レヴィが私にと用意してくれたのは、屋根裏部屋。屋根裏といっても、とても広い。

昔懐かしいアメリカの田舎にあるような、ギャンブレル屋根のこの家は、映画にでも出てきそうな趣《おもむき》だ。天井は屋根の形そのままに吹き抜けているから、開放感抜群で窓も大きく、日当たり良好。

そこにベッドを入れ、私専用の部屋にしてくれた。

何も持ち物がなかった私に、レヴィはクローゼットを与え、村の女性たちに頼み適当な着替えを見繕《みつくろ》ってくれた。

そのうちの一着に着替えて、階下に降りる。するとすっかり料理が並べられており、レヴィがいつもの優雅な仕草で、椅子を引いてくれた。いつ見てもスマートすぎて、いまだに慣れずドギマギしてしまう。

「ありがとう」

「どういたしまして」

今日は珍しく、鳥肉料理だった。レヴィが村で買ってきてくれたものだそう。

普段は野菜中心の料理をいただいているのだが、時おり肉や加工品をレヴィが村々で仕入れてきて、アズが美味しく調理してくれる。

ただ……この料理を準備していたから、あの時肉切り包丁とミートフォークを持っていたのかと思うと、ちょっぴり複雑ではあるけれどね。

美味しい食事についつい夢中になってしまう。食事が終わる頃、アズがエプロンを外しながら現れた。どうしたのかなと思って見ていると、どうやら子犬が気になるらしく、ラグのそばまで行き、ソファに座り眺めている。

するとそれが合図であったかのように、レヴィが切り出した。

「何から説明しようか？」

「あの子犬たちのことを」

するとレヴィは頷《うなず》き、話しはじめた。

「あれは魔物でありながら、魔物としての力を失った姿だ」

「魔物の力を、失う？」

「そう。魔物は好む花を食べると、どうやら凶暴性が失われるらしい。花の香りに引き寄せられ、酩酊《めいてい》したようになり、口にすると魔物本来の姿を失う。いや……あの姿を見ると、いったいどちらが本性なのかは、私にはわからないのだが」

無防備にお腹を出して寝ている姿は、子犬そのもの。

花を食べて魔物でなくなるなんて信じられない話だが、確かにこの目で見た。三つの首を持つケルベロスが、花を食べたのちに変化するさまを。

「元に……魔物に突然、戻ったりしないの？」

花を食べたくらいで凶暴性を失うなら、ふいに戻ったりしないのだろうか。そんなことになったら、私たちはあっという間に食べられてしまう。

「あの花を定期的に食べさせてあげれば、その心配はないよ」

子犬たちのそばには、庭園で摘んできたビスケスの花が籠《かご》に盛られている。

「どうしてそんなに自信があるの？」

「私が大丈夫と言える理由は、前例があるから、かな」

レヴィは、あくびをしているアズを見ながら、続ける。

「ここに最初に来て巣を作っていたのが、アズだと言ったよね」

私は頷《うなず》く。

たしか、あのシロツメクサもどきを食べ散らかして、レヴィが修復するのに苦労したって……

そこまで思い出し、ハッとしてアズを見る。

「……まさか」

アズはまるで人間のようにソファによりかかって座り、足を組んでいる。そして小さな両手を舐めて毛づくろいをする。

どう見ても兎なんだけれど、兎とはサイズから行動まで何もかも違っているアズ。やっぱり着ぐるみのごとく、背中にファスナーでもあるんじゃないかと思うくらい、おかしい――

「そう。彼は、魔物なんだ。ああ……もう出会ってからずっとあの姿のままだから、心配はいらないよ。うん、たぶんだけど」

私は驚きのあまり声も出ないし、レヴィの説明が頭にぜんぜん入ってこない。

そんな私の視線の向こうで、アズがひとつ、ブチュンとくしゃみをした。

あの緊張感のかけらもない、美味しいご飯をつくり、毛づくろいさせてくれて昼寝をともにしたあれが……魔物。

でもアズは既にシロツメクサもどきを好んで食べて、凶暴性は失われている。つまり、三匹たちの前例というわけ？

ああ、本日二度目の、眩暈《めまい》がしてきた。

「それで、あの子犬たちはどうするの？　アズみたいに、ここで暮らせるの？」

魔物と暮らす。

それはとんでもない事態だと思うのだけれど、既にアズと仲良く暮らしていたから、今さら嫌だとは思わない。でもそれでいいのだろうか。

「彼らを野に放つほうが、よほど危険だ。ここで穏やかに暮らせるなら、それが一番だと思っている。花純は、嫌か？」

レヴィに逆に問われ、考えるより先に首を横に振った。

その時、寝ていた一頭がむくりと起きて、大あくびをしたと思えば、丸い身体を持て余したようにコロンと転がる。自分でもびっくりしたのか、驚いたような顔をしている。

その姿はあどけなく、魔物の姿を見ていなかったら今すぐかけよって頬ずりしたいところだ。

「あの姿が、人間を騙《だま》すものではないのなら、私は大歓迎よ」

「おそらく、見た目通り幼い魔物なのだと思う。まだ生まれて日が浅いのだろう。アズなんかは最初からあのサイズだし、年も……アズって、いくつだっけ？」

レヴィの問いに、アズが小さな指を三つ掲げた。

「え、三十？」

思わず驚きの声をあげてしまう。だって人間なら中年にさしかかる。

しかしアズは首を横に振っている。

「三歳ってことはないだろうから、十三？」

「違うよ、三百だそうだ」

「さ……さんびゃく？」

アズはうんうんと二つ頷《うなず》く。

「だからケルベロスよりもアズのほうが強いみたいだし、万が一また凶暴化しても、アズが対処をしてくれるそうだから心配はいらない。それに、彼らをここで大人しくさせれば、他の村を襲う心配が一つ減る。私たちがするのは、ビスケスを育てるだけだ。そう悪い話じゃないだろう？」

「……確かに」

多くの村を襲う魔物が少しでも減れば、人々は助かるだろう。それに花なら私がいくらでも咲かせることができる。

「ねえ、レヴィ？」

「なんだい？」

「レヴィはもしかして、アズのことで魔物の特性を知ったから、あの庭園を大事に守っていたの？だから魔力が尽きるほど無理をしても、この植物園を維持してきた？」

「確かにそれも、理由の一つだよ。危険なことにきみを巻き込んだって、私を恨む？」

私は躊躇《ちゅうちょ》せずに首を横に振る。

「レヴィを恨むだなんて、そんなこと絶対にない。あるとしたら、もっと早く教えてほしかったこ
とくらいよ。だってこの方法を広めれば、みんなの役に立てる」

魔物を狩る冒険者が、命を張る必要がなくなる。

けれども、レヴィの返答は、期待したものではなかった。

「残念だがそれは現実的じゃない。今のところ、どの魔物に何の花が有効かわかっていないからね。

それに恐らくだが……魔物の好む花は、森の奥でしか自生しないものばかりだと思う。そんな花を
自在に咲かせられるのは、きみくらいだよ」

「……私？」

「でも私は花純を危険な目にあわせたくはないし、きみ一人で何とかなる数ではない」

確かにレヴィの言う通りだ。私一人でどうにかなるわけがない。

己のふがいなさに、ちょっと落ち込む。

「花純、聞いてくれる？」

改まってレヴィが私の手を取る。

「きみが毎日世話をしてくれたあの薔薇、アズが弁当とともに持たせてくれたろう？」

「うん、そうだったね」

「あれを見ていると、とても心が安らぐんだ。夜の森を駆け抜けるのは、もう何度目か数えきれな

い。それでも不安と疑心暗鬼にかられることは、たくさんある。被害にあった村に苗を届けたとしても焼け石に水だし、誰に求められたわけでもなく、ただの自己満足だしね」

「そんなことない、アニーたち姉弟はあなたに感謝していたもの」

私の言葉に、レヴィはとても嬉しそうに微笑んだ。

「ありがとう、花純。でも私にもそういう時があるんだ。けれども昨夜、馬車の中で薔薇を眺めていたら、自然と花純が愛おしそうに花に水をやる姿が浮かんで、ここが温かくなった」

握っていた私の手をぐいと引き、レヴィの胸にあてた。

既に私の顔は、赤く染まっていたと思う。

「私が毎日、あの薔薇の世話を焼いたのは、元からレヴィがとても大事にしていたからよ。私だけの想いが咲かせたわけじゃないわ」

「物言わぬ花に込められた花純の温かい想いが、花を通じて感じられた。それと同時に、やっぱり私のしていることは無駄ではないのだと。そう励まされたんだ」

「レヴィ、大げさだってば。そもそも花は見る者の心を癒すものなのよ」

「それでも、きみの花に触れて、私は今まで経験したことがないほど、癒されたんだ。だから花純、何度でも言うよ。これからもずっと、ここで私の助けになって欲しい」

真摯な言葉に、私は真っ赤になりながら、頷《うなず》くことしかできなかった。

なんでこの人は、こういう口説き文句みたいなことを、素で言えるかな。うっかり好きになってしまいそうじゃないの。

もう恋は、ほとほと懲《こ》りたというのに。

そんな私たちの横では、アズが起きた子犬にじゃれつかれ、手と尻尾と耳を甘噛みされていた。

どうやら、植物園のもふもふ度が増したようです。

第五章　炎の鳥

植物園に三頭の子犬が加わり、にぎやかになって数日が過ぎた。

子犬らしく、寝ている時間が多いけれど、起きている間はよく食べ、よく遊んでいる。

今のところ元の姿に戻る気配はまるでなくて、私もすっかり子犬たちに慣れ、彼らとの触れ合いが毎日の癒しになってきていた。

「こーらアオ、ミツのご飯を横取りしない！　あ、ヒイロ危ない転ぶっ……」

子犬たちの世話をしていると、それぞれ性格が違うのがわかってくる。

三匹は瞳の色から名前をつけた。最初はケルベロスだった時と同じ赤い目をしていたけれど、徐々に三匹三様の色となったのだ。

アオは青い瞳で、甘えん坊のわりに強《したた》かな子。ミツは琥珀色の瞳をしていて、少しおっとりマイペース。ヒイロは燃えるような朱《しゅ》に近い赤い瞳で、たぶん一番のお兄ちゃん的存在。特にヒイロは元気すぎるくらいで、今もご飯の器を舐める勢いが強すぎてどんどん押し進んでしまい、段差で器ごとひっくり返ったところだ。

とにかく、三匹ともすごい食欲。

食べ終わった彼らの食器を片付けるのはアズで、彼の手にある空になったお皿には、食らいついて離さない子犬がぶらり。それをひっぺがすのに苦労しているアズに、私は笑いを堪えきれない。

そんなこんなで、アズと子犬たちも、案外仲良くやっている。

「アオ、ヒイロ、ミツ、おいで」

いまだ空の皿に執着していた子犬たちだったけれど、私が呼べばすぐにやってきて、お行儀よく並んで座った。

一方、アズは拍子抜けしたようにこちらを見ている。

「この子たち、とてもお利口で覚えがいいのよ。アズも同じようにやってみたら？」

子犬たちを撫でながらアズに言うのだけれど、アズは困ったように首を横に振って見せる。

ケルベロスを刃物で押さえつけた時に、聞こえた声。あれはアズの声だと思っていたのに、レヴィは気のせいだよと否定する。

じっとアズを観察していても、あの日の鋭さはもう微塵も感じられない。

「うーん……やっぱり気のせいだったのかしら」

「どうしたの、花純？」

地下へ戻るアズと入れ替わりで、大きな瓶を持ってレヴィがやってきた。

「ううん、なんでもない」

私はレヴィからビスケスの花が入った瓶を受け取り、蓋を開ける。そして今か今かと待ち構えていた子犬たちに一輪ずつ食べさせた。

嬉しそうに尻尾を振る三匹を見ながら、そんなに美味しいのかしらと瓶に鼻を寄せる。しかし花らしい良い香りがほんのりとするだけで、私にはほかの花との違いなんてさっぱり。

まだくれるのかと期待に満ちたヒイロの顔に気づいて、私は「ごめんね」と彼の頭を撫でてから、そっと蓋を閉じた。

「がっかりって、顔に書いてあるな」

私とヒイロのやり取りに、レヴィはそう言って笑い、「遊んでおいで」と三匹を庭に放つ。子犬たちはレヴィの言うこともよく聞く。まるで既に訓練された成犬のような反応だ。そういった不自然さは多少あるものの、子犬たち——ケルベロスだった彼らはすっかり子犬として、ここの生活に馴染《なじ》んだようだ。

そうしてレヴィとともに午後の休憩をとっていた時だった。普段はあまり使われない玄関の、呼び鈴が鳴った。

「誰だろう。見てくるから、花純はここで待っていて」

レヴィが玄関に向かおうとすると、お客さんはこちらの窓が開いているのに気づいたのだろう、テラス窓の向こうに人影が二つ現れた。

「レヴィさん、こんにちは」

「ああ、あなたたちでしたか」

レヴィは二人の来訪者を、家に招き入れた。

年配の男性と、その人物と似た顔つきの若い男性。親子だろうか。レヴィは二人に挨拶をすると、彼らに私を紹介した。

「彼女は私の助手として働いてくれている、花純です。花純、彼はニルヘム村の村長マティスと、その息子のベーテルだ」

「はじめまして。花純です」

「あなたが花純さんですが、以前からお噂を伺っています」

私が彼らに頭を下げると、村長のマティスも柔らかい物腰でそう言った。

「村長がわざわざ来られるのは珍しいですね、何か困ったことでもありましたか」

「ええ、少しまずい状況になりまして」

レヴィが話を切り出すと、村長はすぐに柔和な表情を引き締めた。

私は急いで彼らに椅子を用意して、自分もレヴィの隣に座る。

「実は、村の周囲にまで魔物が出没しているようで……隣村でも昨日、商人が襲われたそうです。うちでも警戒を強めることになり、村の若い者で見回りをすることになりました」

「冒険者は？」

「現在は村に滞在している冒険者はいません。隣村が襲われた時には数人居合わせていて、その協力で魔物を追い払えたそうです。おかげで隣村の被害はなかったのですが、冒険者はすでに違う街へ……」

「なるほど……」

各地で頻発する魔物の出現に、冒険者の手が足りていないのだ。

だから村人たちが有志で自警団をつくり、警戒にあたる。けれどもできることは危険を察知し、住民を避難させるなど命の対策を取ることのみで、建物や作物は二の次。当然ながら魔物を倒すことはできず、再びやってくる魔物に怯えることになる。

「こちらで何か、変化はありませんでしたか？」

村長の問いに、私はハッとする。

この場にいない子犬たちを思い浮かべ、昨日のことだからケルベロスの仕業ではないと思うものの、私は内心ヒヤリとする。

けれどもレヴィは表情を一切崩すことなく、首を横に振った。

「いえ、ここはしばらく平和そのものです」

「そうですか」

村長はほっとした様子だ。けれども息子のベーテルは緊張した表情で注意を促《うなが》す。

「ここは村の敷地でもっとも森に近いですし、気を付けるに越したことはありません。どうでしょうか、若い女性もいることですから、二人そろって村へ避難されては？」

その提案のために、彼らはここに訪れたのだという。

とてもありがたい話だけれど、今の私たちが頷《うなず》けるはずもない。

ヒイロたちのことだけではない。私たちがいなくなれば、この植物園は再び荒れてしまうだろう。

真っ先に浮かんだのはそんな心配だった。それにアズだって……

「ご親切痛み入ります。だが……」

避難の申し出にレヴィは少し考える仕草を見せたのちに、こう続けた。

「私はここを離れるつもりはありません。だが、花純が望むのなら、彼女だけでも」

「レヴィ？」

私だけここを去るなんて、ありえない。

「あなたが残るのなら、私もここに残ります。それにヒイロたちの世話だってあるし、きっと私は役に立つわ」

「ヒイロ？」

子犬の名に反応したのは、ベーテルだった。

「あ、はい。先日迷い込んだ子犬たちを、ここで世話しているんです」

すると名を呼ばれたと思ったのか、三匹の子犬たちがテラス窓から戻ってきて、私の足元にじゃれつく。そのうちの大人しいミツを拾い上げ、腕に抱く。するとミツは、もふもふした太い足を私の腕に置き、背を反らして私の頬を舐めてくる。もう可愛くて可愛くて、人目も憚《はばか》らずその毛皮に顔をうずめたい衝動にかられる。

彼らをこのまま可愛い犬でいさせるためにも、私はこの植物園にいなくてはならない。そんな使命感が湧いてきた。

するとレヴィも私の味方になってくれた。

「マティス、そういうことなので今はまだ、避難するのは止めておきます」

「……本当に、いいんですか？」

「ええ、いざとなったら逃げられるよう、準備はしておきます。それに、ここで多少なりとも魔物を足止めできるほうが、村のためになるはずだから」

微笑みながらそう言うレヴィに、村長は少しだけ困った顔だ。

「絶対に、無理などなさらないでくださいね。我々はいつでも、あなたを受け入れますから」

「ありがとう、いつも感謝していますよ。マティス」

「何言ってるんですか、感謝するのはいつだってこちらのほうですよ」

二人の間で話は決まったようだった。

一方ベーテルは子犬たちが気に入ったようで、コロコロと丸い子犬を撫でまわしている。三匹も警戒することなく、されるがままだ。

「番犬にはまだ早そうだけど、まあいないよりマシかな？　いいかおまえら、ちゃんとご主人を危険から守るんだぞ？」

その言葉を理解できているのかはわからないけれど、子犬たちは尻尾を振ってまた三匹でじゃれあい、外に飛び出していった。

「あれじゃ、期待薄かな」

ベーテルが苦笑いでそう言い、二人は村に帰っていった。

それから私とレヴィはすぐに対策を施すことにした。

植物園の敷地に魔物が現れたらすぐ察知できるよう、植物園の周囲に魔法を施した柵を作る。柵といっても、造りはとても簡単なもので、使役人形と仕様は同じ。違うのは人の形をしていなくて、動かないこと。動かないけれども、もし魔物が侵入しようと柵に触れたらレヴィに伝わるという仕組みだ。

ただ……この広大な植物園を囲うほどの魔法になる。さすがにそれって、大丈夫なんだろうかと心配になったのだけれど。

「使役人形に使っている蔓《つる》や古い根、あれを一本に編んで伸ばすとだいたい十体分くらいで全体を囲めるんだよ。そんなに負担ではないから安心して」

彼は、相変わらず飄々《ひょうひょう》とそう言っていた。

レヴィにそう言われると安心してしまう。何でも器用にこなす彼にだったら、任せてしまってていいのではないかと。

けれども、私はそんな自分の甘い思考を打ち消す。もう頼るばかりでいたくない。

「さっきね、レヴィがここに居ていいって言ってくれて嬉しかったよ」

「どうして？　花純がいてくれて嬉しいのは私も同じだ。それに私のほうこそ、花純に責められても仕方がないと思っているんだ」

「私がレヴィを？　そんな訳ないじゃない」

「花純の力を利用している、そう言われても仕方ないから」

「もしかして、ヒイロたちとアズが食べる花のことを言っているの？　私は魔法で花を咲かせる手伝いをしただけよ。それでも自分の力が役に立つのが嬉しいの。望んでやっていることを、利用されるとは言わないわ。だから私にできることがあったら、何でも言ってね。頑張るから」

レヴィは私の言葉を肯定も否定もせず、ただ私を見つめ、とろけるような甘い微笑みを浮かべた。

「花純は優しいね。ケルベロスが癒されたのは、そんな花純が咲かせた花だからなんじゃないかな」

私の頬に、一気に血の気が集まる。

同時に、ポンと小さな音がして、私たちの周囲で小さな桃色の花が咲いた。カスミソウくらいの小さくて丸い花弁の花が、どこからともなく舞い降りてくる。

レヴィはとても驚いた様子で、舞う花々に目を奪われていた。

——そういえば、以前にも同じことがあったっけ。

あれはまだパーティに入ってすぐの頃だった。強くて優しいリヒトにときめいて、思わず花を咲かせてしまったことがある。今のレヴィと同じように彼も驚いていた。だけどリヒトは、ガラじゃないからと慌てて花を払ってて。どうも私は照れたり感情が高まると、魔法が暴走して花を咲かせてしまうらしい。それはずっと後になって、気づいたこと。

今もレヴィの頭や肩に、花が降っているみたい。私は申し訳ないと思いつつ、払い落とそうと彼に手を伸ばしたのだけれども。

「大丈夫、すごく綺麗だからこのままで」

レヴィは、本当に嬉しそうに自分の身に降り注ぐ花を、そして宙を踊る花を眺める。

そんな彼に、ごまかしようもなく、私は惹かれはじめているのだ。

——困ったなあ。心のなかでため息をつく。

ひらひらと、花はまだしばらく舞い続けた。


魔物による襲撃のニュースに続報が入らぬまま、数日が経過した。

私たちの安全を確認するために、自警団が度々植物園に来てくれるようになり、以前と比べてにぎやかになった。私はというと、自警団の人たちと差し入れなどのやり取りもあって、少しではあるけれど顔見知りも増えた。その自警団の行き来に同行させてもらい、今日は私だけで村に買い出しにいくことになった。

実は私、ニルヘム村の中に入るのは、今日がはじめて。だからとても楽しみなのよね。

必要なものはレヴィが揃えてくれるし、食べるものは植物園でほとんどが賄《まかな》える。肉類も、新聞なんかとともにお届けしてもらうことがほとんどで、取り立てて外出する必要がなかったのだ。

でもでも、必要なものだけではない楽しみってあるよね。

ということで、やってきました。ニルヘム村の小さな商店街に。

「可愛い～！」

今日はベーテルさんの妹、カーリンに村を案内してもらっている。今は連れていってもらった雑貨屋で、猫の彫りが可愛い櫛《くし》を見つけたところ。

身の回りの品を好きなもので固めると、やっぱりテンション上がるよね。日々の活力っていうか、毎日の充実感が違う。

買い物に出かけたいとレヴィに告げたら、今までの日当を急遽支払ってくれた。予定していた最初の給料日は、一週間ほど後の予定だったのに。そのかわりと言ってはなんだけれども、おつかいを任された。

雑貨屋店主に、レヴィから預かったメモを渡したら、商品を用意してもらえるみたい。待っている間に、カーリンお薦めの可愛い雑貨を見て回っている。

「ねえねえ、ところでレヴィさんってどんな人？　一緒に暮らしてるんでしょう？」

カーリンが目を輝かせている。村長さんとレヴィの付き合いは長いみたいだから、カーリンは私よりもレヴィとの顔見知り歴が長いんじゃ？

「父さんはそうだけど、彼はここにはあまり来ないから、私はまだ直接お話ししたことがないの」

「そうだったの？　ええと、レヴィはとても優しい人、だよ」

「本当!?　彼、すごく顔立ちが綺麗でしょう？　村の若い子たちは待ち構えているのよ、彼がきっとそのうち、村から誰か選んでくれるんじゃないかって」

「へ、へえ……もてるんだねレヴィって」

「そうね、ここの村で育つとみんな幼馴染みたいなものだから、他所《よそ》から来た人ってだけでときめくのよ。でも彼は来てすぐの頃から毎週ここで花束を買っていたから、みんな諦めてたのよね」

「花束？」

「そう、両手いっぱいにね。まだこの村でも花を育てたり、花屋が仕入れをできていた頃のことだけど」

カーリンいわく、近隣の村が被害にあってから花を仕入れることが難しくなったらしい。

「それを誰に贈っているのかしらって、年頃の娘たちの間では話題だったわよ。実は隠れて奥さんがいるんじゃないかとか……」

アズ、奥さん疑惑が浮上しているよ、知ったら鼻を鳴らして怒りそう。

「はは、そうなんだ。レヴィが花束を持っていたら、すごく目立ちそうね」

「でしょう！」

カーリンは見たのだろうか、その姿を。

「でも、最近は花束の話を聞かないから、もう相手がいないんじゃないかって、彼の気を引こうと狙う娘《こ》もいるみたいよ」

「あら、カーリンは知らないの？　レヴィさんならまだ相変わらず、誰かに花を届けているって噂だよ？」

商品を籠《かご》に集めていた店主のおばさんが、口を挟んできた。

「え、そうなの？」

カーリンは真偽を問うように、私を見る。

いやいや、初耳だって。そう伝えたくて、首を横に振る。するとおばさんが続けた。

「薪《まき》を取りに森に入った人が、花束を持ったレヴィさんを見たってさ」

「森に？　花束を？　なんで？」

「さあねえ」

店主のおばさんは再びメモを手に、違う棚に行ってしまった。私とカーリンはそれ以上どうしようもなく、肩をすくめて他の雑貨を見て回ることに。

けれどもカーリンは店内を見回してから、そっと私に耳打ちした。

「まあ花束の件はよくわからないけど、花純のこと、村ではすごく噂になっていたの」

「え、私？　なんで？」

咄嗟《とっさ》のことで困惑してるのが顔に出たと思う。カーリンは私を見て小さく噴き出した。

「ごめん、ごめん。脅かすつもりはなかったの」

「なんだ、冗談だったのね」

「冗談じゃないわよ、そこは本当。お嫁さんがついに来たらしいって、がっかりする子も多かったわ。でも今は魔物のことで頭いっぱいだから、花純を苛めてる暇もないだろうけれど」

「苛めって……」

いわゆる、レヴィを巡って、女同士の争いってこと？　私が？

それはちょっと苦手分野なので、勘弁してもらいたい。

「まあそうでなくとも、近頃は悪いニュースばかり流れてくるから。いつになったら魔物に襲われる心配をしなくてよくなるのか、明るい未来を見通せないのもあって、なんだかみんなギスギスしちゃってるのよね」

顔を曇《くも》らせるカーリン。村長である父親は責任を負う立場であるし、兄のベーテルはそれこそ一番危険な自警団をまとめている。きっと心配はつきないのだろう。

それに引きかえ、植物園は平和で穏やかな日々を変わらず送っている。そうしていられるのもレヴィとアズのおかげだけれど。

用意してもらった品物と自分の買い物の料金を支払い、私たちは雑貨店を出た。

村人たちは私がレヴィの関係者だと知ると、笑顔で挨拶をしてくれるし、良い人たちばかり。

それなのにどこか疲れているように見えて……村そのものも精彩を欠いている気がする。決して陰鬱《いんうつ》というわけではないけれど、何かが足りないような……この違和感はなんだろう？

カーリンの案内で次の店、精肉加工店に行き、買い出しを終えた。

肉屋では、仕入れの都合で注文してあった商品がいくつか揃っておらず、店主のおじさんからそのことをレヴィに詫びて欲しいと託《ことづか》った。

村長の家に戻るために、二人で並んで通りを歩いているなかで、私はふと、さっき感じた違和感が何だったのか気づいた。

「花が……どこにもないんだ」

小さな村とはいえ、商店街には石が敷かれた道路があり、家並みもまだ綺麗で掃除も行き届いている。ここに来るまでも、畑が並び、作業をしている人々を見た。路傍には荷車が置かれ、収穫された野菜が積まれていた。決して荒れているわけではない。

けれども、軒下《のきした》に植木鉢は並んでいても、花が植えられているものはない。道端の雑草は貧弱で、見つけられるのは畑に咲くわずかばかりの野菜の花。

石壁と煉瓦《れんが》と素焼き屋根と、土と、緑ばかり。

圧倒的に、色が足りない。

「どうしたの、花純？」

立ち止まって辺りを見回す私を、カーリンは不思議そうに振り返っていた。

ここに来てはじめて、レヴィが広大な植物園で、作物よりも花をたくさん植えていた想い、そして失われた農作物の苗とともに、必ず花の苗を届けていた理由が、本当の意味でわかった気がした。


カーリンとはまた会う約束をして、ベーテルに送ってもらい植物園に帰った。

「ただいま、ヒイロ、アオ、ミツ。いい子にしていた？」

尻尾を振っておかえりとよってくる子犬たちをひとしきり撫でる。ほんの数時間離れていただけなのに、子犬たちが少しだけ大きくなっているように見えるような……日々よく食べるから当たり前だけど、このまま成長していつか元のサイズに戻るのかしら。それは少し心配。

子犬たちを踏まないよう避けながら、持ち帰った荷物を整理していると、テラス窓のそばの薔薇が減っていることに気づいた。今朝は数輪咲きはじめたから、それだけで部屋の印象が明るくなったのを覚えている。

切ってどこかに飾ったのかしら。そう首を傾げていると、アズがカウンターの向こうから顔を出した。

「アズ、ただいま。レヴィがいないみたいだけど、知らない？」

庭に出ているのだろうかと聞いてみたら、アズは少し慌てた様子で、首を横に振った。

「なあに、アズってば慌てて。もしかして隠し事？」

すると今度は両手をぶんぶん振りながら、アズは改めて否定した。

その仕草が可愛くて、つい声を上げて笑ってしまう。

「これ、レヴィに頼まれていたものなの、ほとんど食べ物だから、アズに任せても大丈夫？」

袋の中身を見せると、アズはいつものように耳を揺らしながら二つ頷《うなず》く。

後のことはアズに任せ、私は仕事着に着替えて庭園に出る、ニルヘム村へ贈る花の苗を見繕《みつくろ》うためだ。本当はレヴィに相談してからのほうがいいのだろうけれど、じっとしていられなかった。

これから咲く花の種類は、先日レヴィと調べて仕分けが済んでいる。その苗をいくつか分けてもらおう。魔法を使えば、間引いた分も苗にできるまで成長させられるだろう。そうして株を増やせば、レヴィの仕事の邪魔にもならないはず。

作業場所は植物園の端になった。レヴィが用意してくれた魔物検知の柵のそば。ここのところ順調に整備が進んだ庭は、どこも花や野菜でいっぱいなので、仕方がない。

まずはその空き地に腐葉土《ふようど》をまいて土をつくる。いつもは使役人形たちに手伝ってもらうけれど、小さなスペースなので、私一人でも充分だ。

使っていない苗用のポットを集めてきて、穴や破れを補修してから土を入れる。それから直植え用に畝《うね》をたてた。これでいつでも種をまけるし、間引きした葉を移植できる。

「ふう、これで明日、さっそく植えられるわね」

満足してちょっと休憩とばかりに生垣の横にもたれていると、突然森のほうからガサガサと草や枝をかき分けるような音が響いた。

ケルベロスがやってきた時のことを思い出して、全身に緊張が走る。

今度は一目散に逃げるべく、背を向けた時だった。

「そこにいるのは花純？　どうしてこんなところに」

名前を呼ばれて振り向くと、森から出てきたのは魔物ではなく、レヴィだった。

どうしてこんなところに、とは私のセリフだ。

「レヴィこそ、森に入ったら危ないって、自分で言ってたよね、びっくりさせないでよ」

「驚かせたならすまなかった。少し園の周辺を見回りしていたんだ。この近くは荒らされた様子もなかったから、大丈夫。それより花純こそ、この柵があるからって安心しないように。これは検知するだけで、侵入を阻止できるようなものではないのだから。ところで、ここで何を？」

耕された土と、いくつか並ぶポットを見回すレヴィ。

「そうだった。ちょうど良かったわ、相談があったの。実はね」

ニルヘム村の様子を見て、感じたことをレヴィに報告する。そして村に何かできないかと考え、花の苗を贈ることにしたこと、そのために道具や余った苗を分けて欲しいことをレヴィに伝える。

「もちろん私的にやりたいことなので、費用がかかる分は、お給料から差し引いて欲しいんだけど……レヴィに話す前から居ても立ってもいられなくて、始めちゃったの。お節介すぎるかな？

もちろん、レヴィが反対するなら諦めるわ」

「それはダメだ」

レヴィはじっと私を見ながら、そう呟いた。

「ダメ、だよね……ごめんなさいレヴィ」

「あ、いや違う、諦めるのはダメだって言いたかったんだ」

レヴィは慌てて先の言葉を否定し、私の肩に手を置いた。

「とても素晴らしい考えだと思うよ、花純」

「そ、そう？　賛成してもらえてよかった……あのね、少しだけ魔法を使って、捨てられる芽を再利用しようと思うの。それなら村の人たちがたとえ世話をしきれなくても、申し訳ないなって思わなくても済むでしょう？」

「世話？」

「うん、カーリンが言うには、みんな今は花を育てる余裕がないみたい。花は癒しになるけど、枯らしてしまうと悪いことしたなって思うでしょう？　だからなるべく手をかけなくてもいい花を選んで、植え付けも私がして回ろうと思ってる」

「花純が、直接？」

「うん、そう。だからあの直接植えてしまえるポットを分けてもらえると、本当は助かるの」

せめてみんなが集まる商店街や街道の一部だけでも、彩りが増えたらいいな。

「なるほど、そうなると種類は絞られるね、じゃあ戻ってきちんと打ち合わせをしようか」

「協力、してくれるの？」

「もちろんだよ、ニルヘム村にまた花が咲いたら、私も嬉しい」

私も、レヴィが同じように思ってくれることが嬉しかった。

「行こうか、日もそろそろ落ちるし。お腹がすいただろう？」

レヴィはそう言いながら、私の手を引いてくれた。

彼の言うとおり、もうすぐ夜がくる。夕日に雲がかかり、雨が落ちてきそうだ。急いで帰らないと。

私たちは急いで、アズと子犬たちの待つ家に向かって歩き出した。

ふと前を行くレヴィの二の腕から袖口にかけて、淡い色の花粉がたくさんついていることに気づいた。

彼の好む黒い服には、とても目立つ。だから気をつけてっていつも言っているのに……そう考えてふと引っかかりを覚える。

森、両腕に花粉が落ちるほどの花。そしてなくなった薔薇……。もしかして、本当に花束を誰かに届けているの？

そう考えただけで、足が止まった。

「どうしたの？」

「な、なんでもない」

レヴィに気取られたくなくて、慌てて歩き出す。

どうしてか、昼間に雑貨屋さんで聞いた話が頭をよぎり、小さな痛みが胸に刺さった。

「ほ、ほら雨が降ってきたわ、急がないと」

タイミングよく、パラパラと雨粒が落ちてきた。

「庭園に雨対策をしてから戻ろう。播《ま》いたばかりの種が流されてしまわないか心配だ」

レヴィもまた、空を仰ぐ。

そうして手分けして雨対策に奔走しているうちに、胸の痛みなど、いつの間にか忘れていた。


レヴィと話し合い、ニルヘム村に植える花は、松葉菊《まつばぎく》のような暑さや乾燥に強い多肉植物に決めた。肥料もほとんど必要なく、花は赤やオレンジ、黄色など明るい色でとても目立つのも気に入っている。

レヴィの協力のもとすぐに準備は整ったので、今日は二人でニルヘム村に行く予定だ。ついでと言ってはなんだけれど、チコル村でお世話になったアニーとリュックの姉弟に、近況を伝える手紙を送るつもり。あれから一月ほどになるけれど、二人とも元気にしているだろうか。

ここは異世界だが、なぜか言葉が通じるし、文字も読める。けれども手が慣れていないのか、書くのは少しだけ苦手。それでも頑張って書いて、間違いがないかをレヴィに確認してもらったから、大丈夫だと思う。

「花純、準備はいい？」

「うん、戸締りもしたし、行きましょうか」

私は荷物と一緒に、馬車の荷台後部に座った。レヴィは助手席で、手綱を持つのはベーテル。

迎えにこの荷馬車を出してくれたのは、ベーテルだった。彼は植物園を訪れるようになってから、私たちの世話をよく焼いてくれる。レヴィは魔法の馬車で苗を運ぼうと考えていたみたいなんだけど、昼間だとあの乗り物は少々目立つらしく……ベーテルの厚意に甘えることとなったのだ。

「花純、本当に荷台に乗る気なんだな。こっちのほうが、座り心地がいいんだぞ？」

ベーテルが私を振り返ってそう言ってくれるけれど、私は彼に大丈夫と笑ってみせた。

「荷台で苗が倒れないよう見張っているほうがいいわ。御者台はここよりずっと高くて怖いもの」

「そう？　ならいいけど」

植物園の主はレヴィだし、今回は私の提案にのってくれた協力者だもの。座り心地のいい椅子は彼に譲るのが当然。なんて、高いところが苦手なことの言い訳をしてみる。

「ありがとう、ベーテル。すごく助かったわ」

「お安い御用だよ。また用があれば言ってくれ、花純の願いならなんとかするから」

村へはすぐに到着し、商店が並ぶ通りの入り口で荷を下ろしてもらった。

ベーテルはいずれ父親の跡を継いで村長になるみたい。そのせいもあってか、いつも親身になってくれる。きっと彼は人望が厚いに違いない。そんな彼に手を振って別れると、横から視線を感じる。

「なあに、レヴィ？」

「いや、私の知らない間に、ベーテルとずいぶん仲良くなったんだなと思って」

「ほんとうに、彼は世話焼きでいい人よね」

「焼きすぎだと思うな、特に花純に……」

最後は呟くように言ったので、はっきりとは聞こえなかった。

レヴィはそのまま苗の入った籠《かご》を分けはじめたので、私も作業に加わった。

用意した苗はざっと五十ほど。魔法を使って、花が咲くまで数日というところまで育ててある。

まずは村の入口になる街道沿いから、五株ごとに手分けして植えていく。私は小さなスコップを持って村の街道脇から穴を掘って植えていった。あらかじめ話をしておいた家の軒先《のきさき》、それから放置して荒れた家の周りなど。数軒ほど植えたところで、後ろから声をかけられた。

「おい、そこで何をしてる？」

振り向くと、以前おつかいで来た時に、畑仕事をしていたおじさんだった。

「こんにちは、あの、今日は花の苗を植えさせてもらいにきました」

「花の苗だぁ？　そこの家は今は無人だが、あまり勝手なことをしないほうがいいぞ？」

じろじろと私の手元を見て、そう忠告されてしまった。

そこに二軒先に行っていたレヴィが戻ってきて、私とおじさんの間に入る。

「驚かせてすまなかったね」

「やあ、レヴィさんじゃないか」

顔見知りなのかレヴィを見て、おじさんは表情を緩めた。

「花の苗を植えてるって、本当かい？　そんなことしたって、誰も世話なんかしないし、花なんか咲かずに枯れるだけだと思うがねえ」

おじさんの言葉に、私は肩を落とす。やっぱり、無駄なのかな。

でもレヴィは動じることなく、農家のおじさんに笑顔を向けた。

「村長には了承を得ているので心配には及ばないですよ。それにこの花は乾燥に強く、あまり水をやらなくても育つ品種で、みなさんに負担をかけず花を咲かせてくれます。この村にも花をと、彼女が選んでくれました」

おじさんは私を見て、少し驚いたような表情だ。だから勇気を出して、胸を張る。

「この村にはお世話になっているから、少しでも花で慰められたらって思ったんです。この花はとても鮮やかな赤と黄色が混ざって、それはたくさん咲くんですよ」

「へえ、そりゃ賑やかだな」

「よかったら、畑の畔《あぜ》にでも植えてみませんか？」

私に続いてレヴィにも勧められ、おじさんは押されるように了承してくれた。そうして街道脇の畑にも植えて、今度は商店街にさしかかったところで、再び声をかけられる。

「花純、レヴィさん、こんにちは」

「カーリン、こんにちは」

「やあ、カーリン」

レヴィが挨拶を返すと、カーリンは頬を染めた。初々しいその反応が可愛い。

そういえばカーリンは、レヴィとはじめて言葉を交わしたということになる。

しかしこれまで会った時は常にスカートをはき、おとなしいお嬢さんスタイルだったが、今日のカーリンはパンツスタイルに、手袋と帽子姿。

「ところでカーリン、どうしたの、その格好？」

「うん、私も手伝おうと思って」

村長のお嬢さんに土いじりさせても、いいのかな？　そう思ってレヴィを見上げる。

「ありがとう、じゃあ、これを」

レヴィは深く考える様子もなく、カーリンに苗をひとつ差し出した。

「それを、さっき花純が掘った穴に置いて」

「……こう？」

「そう、そのまま入れて大丈夫だから」

商店街のアーケード下に穴を掘り、カーリンが苗ポットを置き、私が土をかける。

そうして民家の窓際の植木鉢に、三株植えた。そして隣の商店の軒下《のきした》に、忘れられたように置かれた鉢にも、植え付ける。そこは以前おつかいで来た精肉店で、ついでに店のおじさんと世間話。

「いつもご贔屓《ひいき》にしていただいてます、レヴィさん。調子はどうですか」

「ああ、こちらこそいつも配達してもらって助かるよ。うちは花純が来てから、とても順調だ」

「それは良かった。それより、噂を聞きましたか？」

「噂？」

「近頃ここらを騒がしている魔物が、どうも大きな怪鳥らしいんですよ。不気味な声とともに、巨大な影が炎を纏《まと》って、飛び立つ姿を何人も目撃しているそうで」

「鳥の魔物……」

「しかも、ここ最近の目撃情報では、村のすぐ近くに出たらしいですよ、いやぁ怖いったらない」

「それはいつ頃だろうか」

「たしか、二日前らしいですよ。とはいえ、自警団からは何も知らせがないから真偽はわからないですがね」

何やら物騒なことになっているみたいだ。その話題はカーリンも承知していたのか、驚いた様子はない。ただ、さっきまで明るかった表情が曇《くも》ってしまっていた。

精肉屋店主と別れ、別の店へ行っても、話題は魔物の目撃情報ばかり。

レヴィも気になるらしく、村人に聞いて回っていた。しかし話す人によって、昨日のことらしいとか、一ヵ月前のこととか、情報が定まらない。誰かが襲われ死者も出ていると恐怖におびえる者、もう冒険者が退治済みだろうと楽観視している者など、様々だった。

とにかく、警戒を解いてはいけない。そう確信して、私たちはその日の作業を終えた。


——事件が起きたのは、ニルヘム村に花を植えて一週間後のことだった。

私とレヴィ、それからカーリンに手伝ってもらい植えた苗が、そろそろ咲く頃だ。生育状況を確かめるために、村に様子を見に行くことになった。

だがこの日は、朝から気になることがあった。どうもヒイロ、アオ、ミツの様子がおかしい。いつも以上に落ち着きがなくて、不安なのか私の足元から離れようとしない。

どうしたのだろうと心配してレヴィに相談するも、彼にも原因はわからない。

用心のためビスケスの花を多めに用意して、居残るアズに彼らのことを託した。

そのアズも、時おり耳を空に向け、鼻とひげをひくひくと揺らしている。

「そろそろ行こうか、花純」

いつまでも後ろ髪をひかれる私を、レヴィが呼ぶ。

「じゃあアズ、行ってくるね。お留守番、よろしくね」

私は手を振るアズにそう告げて、レヴィの隣に並び歩きはじめた。今日は荷物がないので、徒歩で向かう。

以前から話題になっている魔物がまだ退治されないので、目立つ馬車での移動はやめておこうという判断らしい。空から襲ってくる魔物の、かっこうの標的になるからだ。

とはいえ、こうして二人でのんびり歩くというのは初めてだ。のんきだと叱られそうだけど、少し楽しい。

だって、花が増えて色鮮やかに変化していく植物園の景色を、ゆっくり眺められるから。

それはレヴィも同じだったみたい。様変わりした景色を見て、私以上に満足そうな笑みを浮かべている。

「ニルヘム村の人たちも、花を見て喜んでくれるといいね」

先日ニルヘム村に植えた松葉菊《まつばぎく》もどき――正確にはルチアと呼ばれる花なのだけれど――が、魔の森の植物を集めた庭園でも咲きはじめている。同じ種類であっても、魔の森で何代にも渡り育成して変異したのか、魔力耐性を得たものだ。私の魔力をたっぷり浴びて一足早く咲いた花は、色鮮やかで美しい。外側は深い赤、中央へいくほど黄色に変わるグラデーションは、うっそうとした森の中でより一層際立つのではないだろうか。

植物園を出て十分ほど田園地区を歩くと、村の最初の民家がある。

先日この辺りで、声をかけてくれたおじさんは、今日は見当たらない。そろそろ午後の休憩時間に差しかかるし、そのせいかしら。あの時植えたルチアはたくさんの蕾《つぼみ》をつけていて、どれも朱色の花びらをほころばせ、今にも花開きそう。

そのまま商店の並ぶ通りに向かうと、手前の広場にはいつも以上に人だかりができていた。

レヴィと顔を見合わせ、何かあったのだろうかと足を急がせる。すると人だかりの中心に、ベーテルがいた。

「ベーテル、何かあったの？」

ベーテルに話を聞こうと声をかけたけれど、喧騒でかき消されたのか、彼は私たちに気づかない。

「このまま指を咥《くわ》えて見ているつもりなのか、ベーテル。マティス村長は、おまえの親父はなんて言ってるんだよ」

「親父なら昨夜、知り合いの冒険者に来てもらえるよう、交渉に出かけたところだ。頼むからもう少し待ってくれ！」

「知り合いって、そんな強いやつじゃないだろ？　もっと腕のいい冒険者を雇おう、このままじゃ村は破滅だ」

「そうだ、噂のリヒト・シュバルツに依頼したらどうだ？」

思わぬところでリヒトの名が出て、私は驚き固まる。その間にも会話はたたみかけるように続く。

「そうだ、その男は魔物を駆逐するためなら、金にかかわらず引き受けるって噂だろう。そうしたらいい」

「だが、今はどこにいるのか……だれか知っているのか？」

「誰かってはないのか？」

村人たちの会話にリヒトの名が出ること自体驚きなのに、どうやら皆が彼を知っている様子だった。彼は名の知れた冒険者なのだろうとは思っていたけれど、この村にまで知られていたとは……

「大丈夫か、花純？」

レヴィが私の肩を支えながら、心配そうな顔で聞いてきた。

「え……あ、うん。へいき」

「そうは見えない。少し離れよう」

人混みの近くから広場の隅に私を誘導しようと、レヴィは手を引いてくれた。

そんなに酷い顔をしていたのだろうか。たしかに少し驚いたけれど、もう私は彼とは何の接点もない。連絡を取りようもないし、気にしても仕方ないのだと思い直す。

たとえリヒトがニルヘム村の依頼を受けたとしても、傍観する以外にない。

レヴィに促《うなが》され、商店街の庇《ひさし》の下に行くと、そこは通りの端にある、あの精肉店だった。同時に色鮮やかな赤と黄色が目に入った。

「……きれい」

「無事に、咲いてくれてよかった」

「うん、思っていた以上に、華やか」

朱と黄色の可憐な花びらが、肉厚の葉のなかに幾つも咲いていた。その姿を目にしただけで、すっと心が軽くなるのだから不思議。

すると私たちの姿が店内から見えたのだろう、店主のおじさんが出てきてくれた。

「こんにちは、レヴィさん、花純。見てくれよ、今朝早くに咲いたんだ、綺麗だろう？」

そう言うおじさんの満面の笑みを見ていると、こっちまで嬉しくなる。

「はい、綺麗ですね。よかった、無事に咲いてくれて」

「花なんか久しぶりに見た気がするよ。そのせいか、朝から気分がいいんだ」

ご機嫌な精肉店のおじさんに、レヴィはちらりと広場のほうに目をやってから尋ねた。

「あっちは深刻そうだが、何かあったのだろうか？」

「ああ、あれか……」

店主もベーテルたちに視線を移し、小さくため息をつく。

「未明に、村の空を旋回する大きな影を見た者がいるんですよ」

ついにここまで来たのかと、レヴィと私にも緊張が走る。

「だが、夜明け前のことで、はっきりしなくて。どうも対策について揉めているようです」

「揉めている……警戒に反対する者がいると？」

レヴィの問いに、おじさんはいったん口を引き結ぶ。

「その逆ですよ……あまり長く緊張状態が続くと、村の者は耐えられません。とにかく金を出してでも冒険者を呼び寄せ、一気に討伐するべきだと主張する者が増えているんです」

店主の苦々しい様子に、レヴィは頷《うなず》き、そして小さく呟いた。

「そういうことか……」

その時、ふいに広場のほうから小競り合いのような声が聞こえた。

私たちだけでなく、買い物客や商店の者たちもどうしたのかと、声のするほうを窺《うかが》う。

すると集まっていた中の一人が、口論していた相手の胸ぐらを掴む。あわや喧嘩になるかというところに、ひときわ大きな声がした。

「やめろって、今は争っている時ではないだろう！」

ベーテルだった。

他にも仲裁に入る人間がいてもおかしくない気がするが、止めようとしているのはベーテルと、彼とよく行動を共にしていた自警団の若者が数人のみ。争っているのはベーテルよりもかなり年配の男性たちで、おそらく彼らだけでは止めようがない。

心配で駆け寄ろうとした私の肩を、レヴィが掴んで止めた。

「レヴィ？」

「危ないから、きみはここにいて」

「でも……」

私にそう言いレヴィが広場のほうに足を向けた、その時だった。

耳を覆いたくなるような、甲高い鳴き声が、村中に響いた。

喧騒はピタリと止み、村人たちが一斉に辺りを見回す。そのなかで、レヴィだけが、空を見上げていた。

彼につられるようにして私も空を見上げる。

レヴィの視線の先には、眩しい午後の太陽。その輝きに重なるようにして、広げられた大きな翼が見えて……

「魔物だ！」

誰かが叫んだのと同時に、人々もまた頭上に視線を向けた。そして声にならない悲鳴とともに、人々が逃げ惑う。

私も、逃げなくちゃ。

そう思うのだけれど、太陽を中心に広がる、炎を纏《まと》ったような朱色の翼から目が離せなくなっていた。

どんどん大きくなるその翼は、まるで今朝花ひらいたルチアのように、美しかった。

「花純！」

名を呼ばれて、ようやく魔物から視線を引きはがした。

時が動き出すが、まるでスローモーションのようにゆっくりで……

走り出す人、腰を抜かして倒れる人、悲鳴を上げ続ける人。その中で私は振り返るレヴィの手を取り、もつれながらも走り出した。

そばで呆然としていたカーリンを、レヴィと二人で抱きかかえる。そして店主の後に続いて精肉店の中に雪崩《なだ》れこんだ。

「きゃあああ！」

店の中に転がりながら、カーリンが叫ぶ。

同時に、商店街の店の軒《のき》がガタガタと大きな音を立てて揺れた。広場から通りの奥に向けて、大きな風が通り抜けていったのだ。

その風圧は凄まじいもので、小さな樽《たる》や台、並べられた椅子や商品が巻き上げられて、壁にぶつかる。

「やだ、怖い……」

腕の中のカーリンが、ガタガタと震え出す。

「しっ……声を出さないで、大丈夫だから」

小さな声でカーリンをなだめながら、力いっぱい抱きしめる。

そうしていないと、私だって叫び出したいくらい怖い。けれど今はじっと息をひそめるしかない。

ちらりと外を見ると、ひらひらと赤い火の粉が降っている。どうやら、火の魔物のようだ。そして通りに降り立つ鱗《うろこ》に覆われた足が見えた。

近くに、いる。

あまりに近い距離に、私は息をのむ。

歩きながら羽ばたきを繰り返しているのか、熱い火の粉が店の中まで入り込んでくる。

「花純、カーリン、ゆっくり立ち上がって」

レヴィの冷静な声がかかる。

振り返ると、私たちを支えるようにしてレヴィが立ち、そしてその後ろで、精肉店のおじさんが手招きしていた。

どうやら裏口から逃がしてくれるらしい。

私は震えるカーリンの手を取り支えながら、ゆっくりと後ずさる。

その間にも、巨鳥の足はすぐそばに見えている。店の棚で全身は見えないけれど、かなり大きい。

魔物は暴れるわけでもなく、ただ周囲をぐるりと回り、何かを探しているようにも見えた。

そんな魔物に気配を悟られないようにしながら長屋のような店舗の奥まで辿り着くと、おじさんがホッとしたような顔で「よかった」と呟いて、裏の扉を開けてくれた。

「さあ路地を真っすぐ走れ。この先にいくと地下避難所がある。案内は任せたからな、カーリン」

カーリンがおじさんに頷《うなず》き、私を店の外に引っ張り出す。

「待って、レヴィがまだ」

後に続くとばかり思っていたレヴィが、まだ店から出てきていなかった。

扉から中を覗くと、レヴィは私たちに背を向けたまま、店先に立ち尽くしている。

「レヴィ？　早く、レ……！」

彼の向こう、店の外にいた巨鳥が、まっすぐこちらに顔を向けていた。

黄色い頭に、美しい飾り羽がついた、青い眼をした鳥。長い嘴《くちばし》から、炎が漏れ出ている。

魔物はレヴィを獲物と見定めたのだ。

甲高い笛のような鳴き声が響いた。

いやだ。やめて。

レヴィを傷つけないで。

店のおじさんに両肩を掴まれながら、必死でレヴィに手を伸ばす。

仲間を失いたくない。もう一人になるのは嫌。

「レヴィ!!」

私の魔法を受け取る花は、植物は、ここにはない。それでも何もしないではいられなかった。

だけど一瞬早く大きな嘴《くちばし》が開き、レヴィに振り下ろされる。

私は思わず目をぎゅっと閉じた。

何かが壊れる大きな音、それから……

それから……って、なんの音もしない。

そっと目を開くと、レヴィは変わらず立っていた。

「……レヴィ？　無事なの？」

すると彼は私を振り返り、頷《うなず》いた。

じゃあ魔物は？

見ると鳥の魔物の目的はレヴィではなかったようで、店の外で何かをついばんで羽をばたつかせていた。長い尾が店の軒《のき》や屋根にぶつかり、火の粉がさらに散って危ない。

その間にレヴィは私たちのもとに避難してきた。

「も、もう……心配したんだから！」

「心配かけて悪かったね花純。さあ、この隙に逃げようか」

安心して、全身から力が抜ける。

「花純？」

崩れそうになった私を、レヴィが支えてくれた。

もう、誰のせいだと思っているのだろう。でも今は避難が先だ。私たちは身を寄せ合うようにして店を抜け出し、路地を走った。


ニルヘム村には、魔物から逃れるための地下壕が三ヵ所ほど作られている。

私たちが向かった先では、既に女性や子供、お年寄りが続々と避難している途中だった。

壕は少しだけ高台になった地区に掘られた横穴に大きな木の扉を取りつけ、さらにそれを鉄柵で補強し、中の人々を守るように作られていた。

まだ人が集まっている最中なので、扉の外では口々に魔物の様子を伝えあっている。

先にたどり着いた自警団の者が、集まってきた村人たちを、壕へ入るよう誘導する。カーリンは兄のベーテルと母を見つけてそちらに合流し、精肉店のおじさんも家族を見つけてほっとしていた。

「花純、少しいいか？」

人々が並ぶ最後尾にいた私に、レヴィが手招きする。

少し離れた木陰に入ると、レヴィが言った。

「私はこのまま、植物園に戻ろうと思う」

「今から？」

レヴィは頷《うなず》く。そして村の中心部の方角を見た。

「あの魔物――フェニックスはいずれ、植物園に向かうはずだ」

「それってもしかしてヒイロたち……ケルベロスのようにってこと？」

彼の考えを察した私に、レヴィは驚いたようだ。

「さっき、同じだって思ったの」

「同じ？」

「そう、レヴィが食べられちゃうんじゃないかって思った時。ヒイロたちも、私に向かってきたと思ったけど違ったよね。だから今日ももしかしたらって……だってあの店先には、今朝咲いたばかりのルチアがあった」

レヴィは表情を緩め、小さくため息をついた。

「ああ。花純が用意した花を貪《むさぼ》っていた。私には目もくれずにね。だが変化はしなかった」

「植物園の、あの庭園で咲くルチアを与えるつもり？」

「試してみる価値はあると思うんだ。魔の森から採取した特別なルチアだし、しかも花純の魔力をたっぷり養分にして咲いた花だ」

このままあの魔物がニルヘム村で暴れ続けたら、いずれ村は火の海になってしまうだろう。

そんなことになれば、村は立ち直れない。

「私も、行きます」

「危険だ。予想が外れれば、きみに危険が及ぶかもしれない」

「花であの魔物を鎮められるなら、私だって役に立てると思うわ」

そう言って、私はレヴィを見つめた。

「……本当は、ここに残るよう言うべきなんだろうが……私は花純に頼ってばかりだな」

すまない。そう言おうとしたレヴィの口を、手でふさぐ。

「謝られるより、頼られたいの」

「ありがとう、花純。頼む」

まっすぐに向けられたレヴィの瞳には私への信頼が見え、頷《うなず》き返した。

それから二人で人目につかないようその場を離れ、植物園に引き返す。村の中はパニックに近い状態だから、すぐに探される心配はないだろう。

村の中では材料が集まらないので、レヴィは植物園に向かう道すがら蔓《つる》を集めて、小さな立ち乗り式の馬車を作る。

それに抱きかかえられるようにして乗る頃、村の中央にある寺院の屋根に、光輝くフェニックスが乗り上げるのが見えた。

「レヴィ、あれを見て！」

大きな翼を広げ、火の粉をふりまきながら飛び立とうとしている。

ふわりと舞い上がり、村の上を旋回するようだ。

「まずいな、急ごう」

レヴィが使役人形の馬に、合図を送る。

植物園で栽培しているルチアの花は、まだ咲きはじめで数が少ない。できれば先を越される前に、もっと咲かせておきたい。ケルベロスの時のように魔性を抑える効果があるとしても、今のままでは花の数が圧倒的に足りないはず。

それにアズたちのことも心配だった。

ケルベロスに対してアズは引けを取らなかったけれど、だからといって、今回も無事に済むとは限らない。

手綱を操《あやつ》るレヴィの代わりに、私は後ろを警戒する。

「レヴィどうしよう、こっちに来る！」

狭い道を走り抜ける私たちの上空を、フェニックスが追い抜いていった。

やはり何かを探しているようで、植物園の上空を過ぎ、旋回して再び村の上へ。庭園のルチアを見つけるのは時間の問題だろう。

「急ぐぞ、しっかり掴まって」

焦る気持ちを祈りに変えて、私は揺れる馬車から振り落とされないよう、レヴィにしがみつく。

そうしてなんとか植物園に帰りつくと、外に出て私たちを待ち構えるアズがいた。戸締りをして地下に籠っていると約束していたのに。

「アズ、出てきたら危ないよ！」

けれどもアズは長いひげを風に揺らして立ち、灰色の雲がたちこめる空を凝視している。

すでに魔物の存在を察知しているのか、ここのところ穏やかに子犬たちの世話をするばかりだったアズの手には、いつか見た肉切包丁が握られていた。

「アズ、花純、こっちだ。急ごう」

レヴィに手を引かれて馬車を降り、私たちは魔の森の花が咲く庭園へ向かった。

他の庭よりも高い生垣に囲まれており、夏の暑い日差しを遮《さえぎ》る高木もあるため、中に入ると風はいくらか収まる。

私は急いでルチアのそばに走り寄った。

乾燥を好む多肉植物のルチアは、森の中でも水はけのよい砂を好む。魔の森の真ん中にそびえる死の山の中腹には岩と砂だらけの地区があり、そこがルチアの主な自生地だという。

そんな過酷な環境で、燃えるように鮮やかな花を咲かせる逞《たくま》しい植物だ。とはいえ……

「こんな小さくて可憐な花に、あの巨鳥を鎮める力が本当にあるのかしら」

手のひらにのせた花はほんの五センチにも満たない。しかも今咲いているのはたった十輪ほどだ。

今私にできるのは、魔法を使って最大限に花数を増やすこと。ルチアはまだまだこれから大きくなる季節だから、多少無理をさせても株が弱ることはないだろう。

レヴィとアズが周囲を警戒するなか、私はルチアに手をかざす。

「びっくりさせてごめんね」

ケルベロスの時のように周囲にまで影響を与えないよう、慎重に魔法を使う。

するとルチアの蕾《つぼみ》がゆっくりと膨らみ、花開く。それと同時に、枝葉の間からも新しい芽が伸びて、その先端に新たな蕾《つぼみ》が見えてくる。そこで既に咲いているほうには魔法をかけないようにしながら、新しい花を咲かせていった。

今まではとにかく思いきり振り切っていた魔法を、細かく調整する。

本当、フルスイングしてしまったほうが、よほど簡単なのだけれど――

そんなことを考えながら、更に集中して魔法をかけていく。

「花純、もういい」

レヴィに声をかけられ、ハッとして顔を上げる。

するとさっきまでは、両手を広げたくらいの幅にしかなかったルチアが、その十倍ほどまで広がっていた。近くに植えられた笹や、岩にはりつくように茂る蘭の間をぬって枝が広がり、たくさんの花を咲かせている。

濃い緑の葉の間に咲く朱色が、まるで宝石をちりばめたように美しい。

その様子を見とれながら、私はこめかみを伝う汗をぬぐった。

「下がれ、花純！」

レヴィの鋭い声が飛んできたが、気を抜いていたため何が起こったのかわからなかった。

立ち尽くしている私をレヴィが抱え、その場から飛びのく。

「な、何？」

「伏せて」

抱きこまれるようにして、私はレヴィの胸に顔を伏せる。

次の瞬間、頭上から稲光のようなものが落ちてきて、辺り一面を明るく照らした。

「来たよ、あいつが」

顔を上げると、私たちの目の前にフェニックスが降り立つところだった。

炎と輝きを放つ両翼を開いた姿は、人間の身長の三倍はありそうだ。

私が恐怖に身を震わせると、レヴィは私を抱きかかえたまま、数歩後ずさった。それと同時に、包丁を構えたアズが、私たちの前に出る。

「アズ、危ないからよして！」

「大丈夫、いざという時には逃げる。兎の逃げ足は世界一だ」

レヴィがそう言うと、フェニックスが火の粉をまき散らしながら翼を羽ばたかせた。

熱風が頬をなでる。

けれども私たちを襲うどころか、フェニックスはこちらには目もくれない。

そして案の定、ルチアをついばみはじめた。

花だけを器用に嘴《くちばし》で摘み取り、上を向いて呑み込む。そして羽と尾を振り、輝くような火の粉を舞わせる。

まるで喜び舞い踊っているかのようで、私はその美しさに目を奪われてしまった。

そうして私が咲かせたルチアの半分ほどを食べた頃、フェニックスは突如炎に包まれ、消えた。

「……何が、起こったの？」

呆然としながら、レヴィの腕から抜け出す。

静かになった庭園の、細長いルチアの花弁が落ちた辺りには、焼け焦げた灰の山ができていた。

「うそ、死んじゃったの？」

花に癒され、ケルベロスのように姿を変えるのだと思っていた。

なのに、死んでしまった？　私が、殺してしまったの？

困惑していると、アズがすたすたとフェニックスが消えた灰に歩み寄る。そして持っていた包丁の先で、山になった灰をかき分けている。

すると、どこからか鈴が鳴るようなか細い音がして、灰を巻き上げながら、小さな鳥が羽ばたきとともに現れた。鳥はアズの包丁を駆け上がり、彼の腕、そして肩までよじ登り一鳴きする。

高い声は澄んでいて、まるで鈴の音のよう。

「……まさか、あの小鳥って」

驚く私をよそに、アズが包丁を手放し、小鳥を手で捕まえようとする。

けれども小鳥はすばしっこく、その手を逃れてアズの鼻先を蹴り、長い耳を嘴《くちばし》で咥《くわ》えながらパタパタと羽ばたいている。

アズが振り払おうと頭をぶんぶん振り回すと、小鳥はついにつかまりきれなくなって飛ばされた。

そのまま私のほうに飛んできたので慌てて手を差し伸べる。すると小鳥のほうも警戒することなく、私の手のひらに収まった。

フェニックスの面影は、その燃えるような赤い羽だけ。長い飾り羽も、特徴的な長い尾もない。つぶらな瞳は黒く丸く、無邪気で保護欲をかきたてられる。

「どうやら、成功したみたいだね」

振り返ると、レヴィが満足そうに微笑んでいる。

「じゃあ、やっぱりこの子があのフェニックス……これでもう、村が襲われる心配はない？」

「小鳥ができることといえば、美しい声で鳴くことと、花についた虫を食べ尽くすことくらいだろうね」

小鳥は私の手の上で、首を傾げるばかり。

恐る恐る指で頭を撫でてみると、小鳥もその指に顔をすり寄せてくる。その仕草はあまりにも可愛らしい。

そうして小鳥は「ベル」と名付けられ、植物園のあたらしい仲間になった。

もふもふが増えて、村にも平和が戻る。

花とともにあれば、魔物に戻ることはない。だとしたら、こんなにいい解決方法はない。

私にできる、最善の方法。

胸の奥で萎《しお》れてしまっていた自信が、新しく芽吹いた気がした。

けれども、この出来事が新たな不和の種になろうとは、この時の私には知るよしもなかった。

第六章　花を咲かそう

フェニックスがルチアの花を食べて小鳥に姿を変えたあと、暗雲垂れこめていた空は晴れ渡り、美しい夕日が空を染めていた。

魔物が村を襲うことはなくなり、これで一安心。そう思うかたわら、不安は残る。

「きっと今もまだ、村人は避難した先で震えているに違いないよね……」

小さくなったフェニックス——ベルを手に乗せながら、私は罪悪感に苛《さいな》まれていた。

もう安心だと伝えてあげたい。けれど、もしベルのことを詳しく説明したらどうなるだろう？凶暴性を失ったベルのことを、信じてもらえるだろうか。それだけじゃない、ベルのことに端を発してヒイロたちやアズのことを知ったら、彼らはどう思うだろうか。

不安に押しつぶされまいと、小さく吐息を吐く。

私の様子に何かを察したのか、ベルは手の上でもふもふの羽を膨らませて丸くなり、甘えるように頭を擦り寄せてくる。そして子犬たちもそばにやってきて、ヒイロは私の右足にお尻をつけて丸くなり、アオは膝に顎《あご》をのせ、ミツはお座りの姿勢で私に頭を押し付けていた。

「花純は心配しなくてもいい、村人たちには私が伝えておくから」

レヴィはそう言うと、外出用の黒い上着を羽織った。

「今から行くの？」

「ああ、早く安心させたほうがいい。恐怖は疑心暗鬼を生むものだ、放置しておいたらいらぬ争いが起こるかもしれない」

レヴィはそばにやってきて、大きな手で私の頬を、そして頭を慈《いつく》しむかのように何度か撫でて……気づいたら私は、彼の手を引き留めるように掴んでいた。

「どうやって説明するっていうの？　信じてもらえるわけない」

レヴィは一瞬驚いたようだったけれど、すぐにいつもの優しい笑顔に戻る。

「大丈夫、きっとわかってくれるよ。フェニックスがニルヘム村に降り立つことは二度とない。時間はかかるが証明できる、そうだろう？」

私は無言で頷《うなず》く。何度も。

ベルがフェニックスに戻ることがないよう、これからもちゃんと花を管理していくと心に誓う。

「きっと村人も花純と同じで、元の穏やかな暮らしに戻りたがっていると信じている。だから早く安心させてあげたい。それに何より……」

レヴィが私の手を握り返した。

「花純とのここでの生活が、私にとっては何ものにも代えがたい幸せなんだ。だから守らなくちゃ」

「……レヴィ」

心臓が口から出そうなほど、ドキドキして言葉が出ない。

嬉しいけれど、そんな風にストレートに言われると、どう反応していいかわからなかった。

顔を真っ赤にする私を見て彼は微笑むだけで、それ以上は何も言わなかった。嬉しいという気持ちはわかってもらえているといいのだけれど。

それからレヴィはすぐに使役人形の馬車を用意すると、一人で村へ向かった。

だがレヴィはその日、夜が更けても帰ってこなかった。

きっと日が沈むと危ないからと、足止めされているに違いない。そう自分に言い聞かせ、その夜は休むことにした。

とはいえ、レヴィのことが気になり、浅い眠りばかりだった気がする。

ベルには、小さなバスケットに布を敷き詰めて巣を作ってあげていたのだけれど、どうやらベルも不安だったみたい。離れると小さな羽をばたつかせて私のところに来てしまうため、今日だけだからねと念を押して寝室に連れていった。

少しうとうとしては目を覚まし、再び寝入る。そういうことを何度か繰り返しているうちに、空が白みはじめていた。

そんな早朝、車輪が軋む音がして窓に飛びつくと、テラス前にレヴィの馬車が見えた。

慌てて着替えて階段を駆け降りようとすると、ベルも慌てて飛んできて私の肩にとまる。

「おはよう、ベル。レヴィが帰ってきたみたいよ」

ベルを乗せたままリビングに降りて行くと、もうアズが地下で朝食の下ごしらえをしているのか、薪《まき》の香りが漂ってくる。

私に気づいたヒイロ、アオが走ってきて足にまとわりつく。遅れてミツが来るけれど、足がもつれて転がり、先の二頭を押しのけてぶつかった。

「ヒイロ、アオ、それにミツ、おはよう」

足に子犬をまとわりつかせながら、カウンター越しにアズにも声をかける。

「おはようアズ？　レヴィが戻ってきたみたいよ」

返事はないけれど、まな板をたたく音がしたので、きっと聞こえているのだろう。

それから子犬たちを引きずりながらテラスに向かい、窓のカーテンを開けると、いつもの黒い馬車がテラスデッキの向こうに停まっていた。

レヴィの姿はまだ見えない。

急いでねじ式の鍵を開けていると、ようやく馬車の中から出てきたレヴィと目があった。

「おかえりなさい！」

手を振ると、レヴィが私に気づいた。

窓を開け放とうと手をかけたのと同時に、レヴィがこちらに走ってくる。そんなに慌てなくてもいいのに。クスクスと笑いながらガラス戸を開け放った時だった。

私の両脇から、長い腕が伸びてきて、私を捕らえた。

咄嗟《とっさ》に何が起きたのかわからずにレヴィを見ると、その顔は見たこともないくらいに驚きと怒りに染まっている。

レヴィが伸ばした腕に縋《すが》ろうと精一杯手を伸ばすのだけれど、ぴくりとも動かせない。

「花純!!」

そして次の瞬間には、何者かの手が私の顔を覆い、視界が塞《ふさ》がれた。

レヴィの姿を見失い、パニックになっていると、さらに同じ手によって抱き抱えられたことに気づいた。

「やだ、レヴィ！」

片手を私の腰に回し、引きずられるようにして移動していくのがわかる。

恐怖にかられて全身全霊でもがいた。身をよじらせて頭を振る。

「頼むから大人しくしていてくれ、花純」

聞き覚えのある声がして驚き振り返ると、目隠しになっていた手が外れた。

「ベーテル？　……どう、して？」

「花純、おまえはあいつに騙《だま》されてるんだ。大丈夫、俺がすぐ安全な場所へ逃がしてやるからな」

ベーテルが何を言っているのか理解できない。私は困惑しながらベーテルと、こちらを睨《にら》むレヴィとを見比べる。

「ベーテル、花純を離せ」

「近づくな！」

ベーテルはレヴィの手を振り払うと、私を抱えたままさらに数歩後ずさる。

突然のことに驚き、私を見上げていたアオが、吠えた。

するとそれを合図に、ヒイロとミツも吠えてベーテルの靴やズボンを咥《くわ》え、引っ張りはじめた。

ベーテルはそんな抗議にはびくともせず、舌打ちをして足を振り上げると、その勢いでコロコロと子犬たちが転がる。

「やめて！」

子犬たちに怪我はないようで、すぐさま立ち上がって再びベーテルの足にまとわりつく。しかしベーテルは、今度は手加減なしに蹴り上げようとした。

「酷いことはしないで、お願い！」

今度こそ身をよじって腕を抜き、子犬たちを庇う。

「どうして庇うんだ、花純は騙《だま》されているのに」

「騙《だま》すって何を？　あなたいったい何を言っているの？」

私がそう聞くと、ベーテルは眉間に皺を寄せてレヴィを睨《にら》む。

「俺は、見たんだ。昨日、この植物園にフェニックスが降り立ったのを」

そう言ってベーテルは、私の肩にとまり震えていたベルに手をのばし、掴みあげた。

同時にベルが甲高い声で鳴く。

やめてと叫んでも、彼が腕を上げてしまうと、私の手は届かない。

私を片腕で押さえつけながら、ベーテルはレヴィに言う。

「俺は最初からあんたを疑っていたんだ、いったいここで何を企《たくら》んでいるのかってさ」

「村長から聞かされているはずだ」

レヴィが低い声でそう答えると、ベーテルは更に激高した。

「おかしいだろう！　急にこの村にやってきて、この広大な土地を買ったっていうじゃないか。貴族でも今どきそんな資金を持っているやつなんていないってことは、子供だって知ってる。それに慈善事業だ？　胡散臭《うさんくさ》いんだよ！　俺は親父のようには騙《だま》されないぞ、そう思って監視してたんだ。まさか魔物まで操《あやつ》るとは……」

「操《あやつ》る？　それは違う」

「しらばっくれても遅い。もう既に親父と自警団には知らせてあるから、すぐに武器を持ってここへ到着する。その前に花純を避難させてあげないと。魔物をけしかけてたのはあんたなんだろう？あんたは俺が力ずくでここを追い出してやる！」

レヴィが魔物を仕向けたなんてありえない。

けれど昨夕のことを彼に見られて、大きな誤解を生んでしまったんだ。どうしよう。

「ねえ、ベーテル聞いて、あなた誤解してるのよ」

「誤解？　それは花純だろう。あいつにどんな話で丸め込まれたのか知らないが、悪事を手伝わされてたなんて可哀想に。俺たちがちゃんと保護してやるからな」

「ち、違う……！」

しかしベーテルは聞く耳をもたず、私の拘束をさらにきつくする。

どうしてこんなことに――？

ベーテルはいつも私たちを思いやってくれて、ここに見回りに来た時は話し相手になってくれたり、冗談だって言いあったり……いい関係だって思ってた。こんなことをする人じゃない。話せばわかってくれるはずなのに、おかしいよ。

「おねがいベーテル、私の話を聞いて?」

「ああ、村に行ったらちゃんと話そう。花純は心配しなくていい、うちに来ればいいからな。カーリンも心配して待ってる」

ベーテルは私に笑いかけるのだけれど、その顔を見てゾッとした。だって目が、笑っていない。

レヴィも怖い顔でベーテルを睨《にら》みつけているものの、一定の距離を保ち、冷静に状況を見ているようだった。

だがレヴィがそんな風に冷静でいられた理由がすぐにわかった。テラスの大きなガラス窓に、もう一人の住人である彼が近づいてくる姿が映っていたから。

そして私を抱えるベーテルの背後に、大きな長い耳がひょっこりと重なって生えた瞬間だった。

「アズ……」

乱暴はよして。そう声をかける暇もなく、アズがのし棒を大きく振りかぶったと思うと、ゴンと鈍い音がして、ベーテルの身体がぐらりと傾いた。そのまま前のめりに倒れて、私にずっしりとのしかかる。

お、押しつぶされる。

華奢《きゃしゃ》な私が成人男性を支えきれるわけもなく、一緒に崩れ落ちそうになったけれど、レヴィが私を引っ張り出してくれた。そして崩れ落ちるベーテルを支え、ゆっくりと床に降ろす。

まさか死んでなんてないよね?

心配になって転がったベーテルの口元に手を当てると、しっかり息をしている。

「気を失っているだけだろう。それより花純、怪我は？」

「ううん、なんとも……ありがとう、レヴィ。それにアズも」

振り返ると、のし棒を持ったアズが荒い鼻息をひとつ吐き、ひげをゆらした。

私はホッとしながら、いまだベーテルに握られたままだったベルを救出し、蹴り飛ばされる恐怖から遠巻きに見守っていたヒイロたちを手招きして、安心させる。

「よかった、あなたたちが無事で」

三匹と一羽に頬ずりをし、安堵のため息をつくが、レヴィがそれを制する。

「安心するのはまだ早いよ、花純」

慌ててリビングの小窓に近づき、外を覗いて、レヴィの言葉を理解する。自警団が……ううん、それだけじゃない。ニルヘム村の住民たちが、この植物園に向かってきている。

手には松明《たいまつ》と、剣や弓。それから農具まで見える。

ベーテルが口にした通りのことが、今まさに起ころうとしているのだ。

「どうして、こんなことに」

異様な雰囲気を纏《まと》い、村人たちがやってくる。レヴィはすぐにアズを地下に戻らせた。

そしてヒイロたち三匹と、ベルを連れて避難するよう私に告げる。でも避難ってどこに？　それに、レヴィにだけ全ての責任を負わせるなんてできない。

「私も一緒にいます」

「ベーテルの様子は普通じゃなかった。もし他の村人たちも同じように混乱しているなら危険だ」

倒れたままのベーテルを見て、なんとも言えない不安がこみ上げる。

普通じゃないという表現は、まさに今日の彼に当てはまる言葉だ。

これまでベーテルが、あんな風に声を荒らげるところなど見たことなかった。唯一といっていいのは、昨日広場で喧嘩の仲裁をした時ぐらいか。

ふと、昨日の広場での喧騒を見て感じた違和感を思い出し、背筋が冷えた。

ミツを持ち上げ抱きしめて、温かい毛皮に顔をうずめる。

「……みんなを説得するの？」

「ああ、できるかぎりやってみるしかない」

「どうやって？　この子たちが魔物だったこととか、全部話すの？」

レヴィの顔が曇《くも》る。

しかし彼の返事を聞く前に、時間はなくなってしまった。

膝に顎《あご》を乗せていたアオが、真っ先に唸り出す。テラス窓のほうを見て、心なしか背中の毛が逆立っている。

「やめて、アオ」

するとすぐにヒイロもアオのもとに走り寄り、同じように唸り、鼻に皺を寄せはじめた。腕のなかにいたミツは耳を倒し、怖がっているようだ。そしてベルも私の頭の上に飛び乗る。

そしてテラスから人がなだれ込んできて、私たちの前に村の自警団の男たちがずらりと並んだのだった。

「ベーテル！」

倒れているベーテルに気づき、走りよってくるのは彼の父親である村長だった。

「うぅ……」

呼びかけられて苦しげに唸るベーテルを村長が抱えて起こすが、意識は戻りそうにない。

「息子に、何があったんですか？」

「村長、彼は急にここに来て、花純を強引に連れ去ろうとした。花純を助けるために、仕方なく」

「そんなことを……本当なのかベーテル？」

村長がまだ朦朧《もうろう》としたままのベーテルを問い詰める。けれどずらりと押し寄せた自警団の人たちは、レヴィの言葉を信じていないのか、口々に彼を罵《ののし》りはじめた。

「魔物を操《あやつ》るところを見たとベーテルが言っていたが、本当なのか？」

「あんたの目的は、なんなんだ」

「魔物をけしかけて、なんて酷い奴だ」

そんなことを叫ぶ彼らは、いつも見る村人と同じ人たちとは思えない。

「皆さん信じてください、レヴィはそんなことしてません！」

「花純は下がっていて」

私の声はかき消され、問い詰めるかのように大きな人たちに囲まれてしまう。

威勢のよかったアオとヒイロも村人たちに気圧されて、尻尾を巻いて私に身を寄せてきた。

「止めないか、みんな少し黙っていろ」

村長の一喝で、自警団の人々は口をつぐむ。

そうして、村長はレヴィに問う。

「息子から魔物の話を聞いて、真偽を確かめに来ました。レヴィさん、詳しい話を聞かせてもらえますか」

「もちろんです。暴力を加えられないかぎり、私はどんな協力も惜しみません」

レヴィの返答に、村長が胸を撫で下ろしたのがわかった。

けれども――

ギャン！

足元にいたヒイロの尾をどこかから伸びてきた手が掴み、引き上げたのだった。

「ヒイロ！」

悲鳴とともに名を呼ぶと、宙づりになったヒイロが甲高い声で痛みを訴えた。

「おい、何をしている？」

村長の声にも耳を貸さず、ヒイロを持ち上げた腕に、他の手が群がる。

「こいつも本当は魔物じゃないのか？　おい、他のも捕まえろ」

「やめろと言っている、どうしたっていうんだおまえたち！」

集団ヒステリーのごとく興奮している村人たちに、もう村長の声は届かない。

「やめて、ダメ！」

気づけば私が抱えていたミツにまで、手が伸びる。

渡すまいと身構えていると、伸びた腕を払いのけ、レヴィが私とミツを守ってくれた。そしてレヴィは私に叫んだ。

「花純、ここから逃げて。彼らは心を闇に囚われてしまっている」

「闇って……？」

「疑心暗鬼、嫉妬、欲、そういった心に理性を蝕《むしば》まれている」

誰かが乱暴をしたのか、再びヒイロの鳴き声が響く。

「このまま悪意に囲まれていたら、三匹が元の姿に戻りかねない」

「そんな！」

「大丈夫、そうなる前に私がなんとか取り戻す」

ここで正気を保っているのは、レヴィと私、それから村長だけ。圧倒的に不利な状況だ。

どうしたらいいの……？

ミツを抱いたまま立ち尽くしていると、興奮する自警団の後ろに人影が現れた。

「おまえたち、止めないか！」

ひときわ大きな声でそう叫んだのは、精肉店のおじさんだった。他にも、商店街で花を植えさせてもらった民家の人、街道沿いの畑に花を植えることを許してくれたおじさんもいる。

彼らの怒声に驚いたのか、ヒイロたちを抱えていた自警団の人たちが一瞬、静まり返った。その間を縫うようにして、なんとカーリンまでもが飛び込んできたのだった。

そして私たちと自警団の間に入り、両腕を広げて言った。

「みんな、正気に戻って！」

「邪魔だ！　そんな奴の味方をするのか！」

混乱しきった村人たちの様子を窺《うかが》っていたレヴィが、何か気づいたようだった。

「そうか……花純、花だ！」

「花？　どういうこと？」

「ルチアだよ、花純が花を託した人たちだけが、正気を保ってる。もしかしたら、人も同じなのかもしれない」

改めて対峙しあう村人たちを見比べて、私はその意味がようやく理解できた。

ケルベロスやフェニックスは花を食べることで、凶暴性を失った。花は心を鎮める。人も同じなのではないかと、レヴィはそう言いたいのだ。

「花を、ありったけの花を咲かせて、花純！」

そう言うレヴィに、私は大きく頷《うなず》いた。

――花を、咲かそう。魔物のためではなく、村人のために。

けれども、手のひらに魔力をためて、ふと気づく。

ええと……何を？

キョロキョロと周囲を見回す。

「花純？」

すぐそばにあるのはレヴィの黄金の薔薇、いいえ、あれは花を咲かせたばかりで無理をさせられない。それからテーブルの上にあるのは、昨日飾ったばかりの切り花だから、論外。壁と天井に下げたサボテンも、まだ花芽がつく時期は遠い。

どうしたら――

私が動揺して魔法を躊躇《ちゅうちょ》している間にも、ヒイロとアオの悲鳴のような声が聞こえる。早く、なんとかしないと。そう焦れば焦るほど、どうしたらいいのかわからなくなる。そしてついにアオの鳴き声が、唸り声に変わった。

「アオ、ダメ！」

私はレヴィが止めるのもきかず、自警団の人たちの中に入ってアオに手を伸ばした。もし村人たちの前で元の姿に戻ってしまったら、もう一緒に暮らせなくなるかもしれない。そんなのは嫌。

「きゃあ！」

村でも屈強な若者たちの集まりである彼らの力に、私なんかが押し勝てるわけがなかった。弾き飛ばされて、尻餅をつく。

そうしている間にも、彼らはアオたち子犬を大人しくさせるため、麻袋に入れようとしている。

「アオ、ヒイロ、絶対に助けるから、大人しくしていてお願い！」

必死に叫んだのが聞こえたのか、アオの唸り声が収まり、ホッとする。けれども、このままでは子犬たちを連れていかれてしまう。

「か、花純……、大丈夫か？」

「ベーテル？」

村長とカーリンに抱き起こされたベーテルが、尻餅をついていた私の腕を引く。

「ベーテルこそ、大丈夫？　痛みは？」

「すまない、花純。どうかしてたんだ、俺……」

ベーテルはアズに殴られた後頭部が痛むようで、頭をさすりながら顔を歪《ゆが》めていた。

「兄さん、もう平気なの？」

「無理はするな、ベーテル」

ベーテルは、心配する父親と妹のカーリンに小さく首を振って「大丈夫」と答えるが、まだ大丈夫ではなさそう。

「カーリンの言う通りよ、まだ無理はしないで」

「ごめん、花純。自分でもよくわからないうちに、頭がもやもやしてきて……気づいたら花純とレヴィさんの後をつけていて」

ベーテルは泣きそうな顔で続けた。

「俺は花純にいいところを見せたかったんだ……信じてもらえないかもしれないけど、本当は、こんなことをするつもりじゃなかった」

「うん、大丈夫だよ、ベーテル。わかってるから。だから今は横になってて？」

ベーテルを落ち着かせようとしたのだけれど、彼はうわごとのように「ごめん」と繰り返す。

「なんで花純が俺たちを頼ってくれないのかって、村に来てくれたらもっと仲良くなれるのにって、レヴィさんに嫉妬してたんだ。そんなの俺の勝手だってわかってたんだけど、いつからか自分を止められなくなって……むしゃくしゃして、憎くて、羨ましくて、胸の奥が真っ黒になって。今もここに、どうしようもない煤《すす》がこびりついてるみたいで、取れないんだ」

ベーテルは泣きながら、自分の胸をかきむしる。

村に漂っていた言葉にできない小さな不安が、彼らの中で芽を出したとでも言うのだろうか。苦しい、辛い、そう吐き出すベーテル。

「うん……辛かったね、ベーテル」

「花純？」

「私も、ずっとそういう気持ちを抱えていたから、わかるよ」

一人きりでこの世界に放り出された時。足手まといだと仲間から別れを告げられた時。新しい旅に踏み出して不安だった時。

私だってベーテルと同じくらい、苦しくなっていたかもしれない。

でもそうならずにいられたのは、いつも誰かがそばにいて、助けてくれたから。それはリヒトだったり、アニーとリュックだったり。そして、今は……

私は自分の足で立ち上がり、レヴィを振り返る。

「レヴィ、花を咲かせたい。でもここには何もないわ、どうしたらいい？」

今ベーテルたちを少しでも助けられるなら、花を咲かせたい。

でも今までのように、咲かせられる植物がない。

けれどレヴィは焦る様子もなく、頷《うなず》きながら言った。

「大丈夫だ、落ち着いて花純。花純の心次第で、花はどこにでも咲かせられる。目に見えなくても、世界には花が溢れているんだ」

「……どういう、こと？」

聞き返す間もなく、レヴィは私の腕を掴み、ぐいと引き寄せた。

「……え？」

咄嗟《とっさ》のことだったので身構えることもできず、私はレヴィの胸の中に倒れ込むようにして抱き寄せられていた。

そしてレヴィは私の頬を両手で覆い、上を向かせた。

これ以上バランスを崩さないよう、私は彼のシャツの袖をぎゅっと握りしめる。

「レヴィ？」

「花純、説明は必ずあとでするから、私だけを見て、そして信じて」

レヴィが熱い眼差しを私に向ける。そして引き寄せられるまま背を伸ばすと、彼の顔が近づいてきて……

「レヴィ……！」

額に、温かく柔らかい唇が押し付けられた。

私が背伸びしただけでは足りない身長差を埋めるように、レヴィは身を屈める。そのせいで彼の

長い金の髪が私の頬をくすぐりながら、滑り落ちていく。

——熱い。

口づけられた額だけでなく、彼が触れる頬が、胸が熱い。全身の血が沸騰するかのようだった。

塞《ふさ》がれた視界の片隅に、花吹雪が舞うのが見えた。

気づけば、先ほどまでの喧騒は止んで、しんとした静けさが漂う。

そのなかを、ひらひらと舞う、小さな薄桃色の花。

それは私の胸に芽生えた恋心を映すように、いつまでも尽きることなく、降り注いでいた。


レヴィの行動をきっかけに私が咲かせた花は、綿雪のように人々の上に降り続け、家の中が淡いピンクの絨毯を敷き詰めたようになっていた。

降り積もる花をかき集める者、呆然と眺める者、花の中をはしゃぐ子犬を微笑みながら見守る者など。

もう怒りや不満、憤《いきどお》りに声を荒らげる人はおらず、誰もが冷静さを取り戻している。

まるで、憑《つ》き物が落ちたかのよう。

「……懐かしい花だ」

村長が、手のひらに舞い落ちる花を見ながら、そう呟いた。

父親の言葉を受けて、ベーテルは村長に聞き返した。

「懐かしいって……親父はこの花のことを知っているのか？」

「ああ、ベーテルたちは知らないだろうが、この花は昔はどこにでも咲いていたものだ。いつの頃からか、すっかり見かけなくなってしまったが」

すると騒ぎに加わっていた自警団の一人が、二人の話に加わる。

「俺も小さい頃に、一度だけ見た。叔母の結婚式の日にたくさん咲いていたんだ。不思議な花だと思ったので、よく覚えてる」

「ナディの結婚式か、俺もよく覚えているぞ。彼女が嫁いだのは隣町だったな、元気にしているかい？」

「そういや、俺も昔見たことがある。秋祭りのダンスを盗み見しにいった時だ。ほらベーテルも覚えてるだろう？」

「え？　ああ、ダンスね……あれはかなり小さい頃で、たしか見つかって親父に怒られて、尻を叩かれたんだ」

「叩かれた尻が痛すぎて、花のことまでは覚えてないのか？」

「ははは、ベーテルらしいや」

なんだか昔話に花が咲いているみたい。

ふと気づくと、レヴィは私を解放し離れたところに立っていた。何事もなかったかのようにニコといつも通りで、少し残念なような、ホッとしたような。

「ああそうだ……思い出した！」

突然、村長が大きな声を出した。

「なんだよ、親父」

「思い出したんだ、この花の名前を！」

村長が綿毛のように積もった花をかき集めて、皆の前に差し出した。

そして私とレヴィを見る。

「想い花という名前だ。たしか子供の頃に、祖母に教わった」

想い花。

花の名にしては、変わった名前だ。

「祖母によると、祝い事があった家によく咲くってことで、そういう名で呼ばれていたらしい。なんでも普通の植物とは違って、花を咲かせる胞子みたいなのが、どこの風にも混ざってて、なんかの拍子に一斉に咲くそうだ。祖母が子供だった頃は、雑草と変わらないくらい、村のそこここに咲いていたと聞いたことがある」

「その祝い事ってのは、さっき言ってたような結婚式とかってこと？」

カーリンの問いに、村長は頷《うなず》いた。

「ああ、だから別名恋の花とも言うんだ」

村長のその言葉と同時に、皆の視線が一斉に私に向けられる。

そのどれもが生温かいような緩い笑顔で、私は再び顔を赤らめるしかなくて……

「それくらいにしておいてくれないか、花が降り止まなくなる」

「ああ、わるい、わるい」

レヴィの進言もおかしいし、素直に聞く村長とその他大勢にも、私は納得がいかない。

赤くなったり怒ったりしている私を置いて、村長は息子ベーテルを支えながら立ち上がった。

「じゃあ騒がせてすまなかった、花純、レヴィさん。ほら、みんなも頭が冷えたなら帰るぞ」

すっかり毒気を抜かれた村人たちは、村長の言葉に素直に従うようだ。

口々に、レヴィに謝罪の言葉を告げ、花とじゃれてくしゃみする三匹を撫でまわし、出ていった。

私は助けに来てくれた精肉店のおじさんや商店街に住む人たち、それからカーリンにお礼を言って回る。

「また花を分けてちょうだいね、花純」

「うん、まかせてカーリン」

「この花、少しもらってってもいいか？　珍しい花なら、うちのかみさんへの土産《みやげ》にしたいんだ」

「どうぞどうぞ、いくらでも」

精肉店のおじさんに空いている袋を渡し、一緒に花を集めて入れる。

村長はレヴィと話があるからと、自警団の人たちにベーテルを任せて、残るようだった。

そうして大勢が去ったあとの家で、私とレヴィ、小鳥のベルがようやく私の肩に戻り、そして三匹は遊び疲れたのか、ラグに転がってうとうとしていた。

私は箒《ほうき》で花をテーブルや椅子から払い落とし、座れる場所を確保する。その間にレヴィはお茶を用意するからと、地下に行った。

アズの様子が心配だったけれど、レヴィはすぐに人数分のカップをトレイにのせて持ってきたので、少しホッとする。

「……どうぞ、自家製ハーブティーですが、けっこういけますよ」

「ありがとう」

レヴィが私の前にもカップを置き、自分の分を持って座る。

すると村長はカップを前に、言った。

「もう一つ、足りないと思うが……どうせなら全員でどうですか、レヴィさん？」

私が首を傾げていると、レヴィがふっと笑い、立ち上がった。

そしてカウンターに向かって言った。

「おいでアズ、どうやらばれているようだ」

――え、えええ？

私が驚いていると、村長はすまなそうな顔で、実は……と話してくれた。

「前々から、ここにもう一人住んでいるんじゃないかと、疑ってたんです。それでかまをかけさせてもらったんですが」

村長は以前から植物園に出入りしていて、レヴィの頼みを引き受けてきたと聞いている。それならば、アズの存在に勘づいていてもおかしくないかもしれない。

実際、レヴィは家事をアズに頼り切っているのだから、見る人が見ればわかるのだろう。

レヴィは観念して、村長に頭を下げた。

「すみませんマティス、隠し事をしていました」

「いやいや、謝る必要はありません。レヴィさんを信用していましたから」

「いえ、今回ベーテルを傷つけたのはアズですし、いずれは話さねばと思っていたのです」

レヴィがカウンターのほうに視線を移す。すると、揺れる白い耳が階段を一歩一歩上がってくるのが見えた。

そしてついに姿を見せたアズに、村長は顎《あご》が外れるんじゃないかってほど口を開けた。

「…………は？」

うんうん、わかるよ村長。

言葉を失うのも仕方ないよね。まさか同居人が兎だなんて、普通は思わないもの……ねえ。

村長が腰を抜かす勢いで驚いているのを知りながら、アズは彼の前にのんびりと立ち、その短い手を使ってくしくしと耳を掻いている。

「マティス？」

「は、……ああ、すみません、驚いてしまって」

ハッとして汗をぬぐう村長。

「彼の名はアズ。喋れませんが、こちらの言葉はだいたい理解できています」

「ええと、私は……ニルヘム村の村長をしている、マティス・サシェといいます。よ、よろしく」

村長が差し出した手を、アズが柔らかい白い毛に覆われた手で握りかえしたことに、私とレヴィはホッとする。

村長が微妙な顔をしているのは、たぶんアズの手の感触のせいだと思う。なんというか、触ってみると明らかに人間でない手。本当に兎なんだなと思うもの。二本足で立ってるけどね。

それから改めてアズも加わって、話を戻すことに。

とはいえ、アズは話が聞こえる位置――ヒイロたちが転がるラグのそばのソファにいるだけ。

「村長には迷惑をかけてしまい、すまなかった」

レヴィが改めて頭を下げたのだけれど、村長は慌ててベーテルの件もあるしこちらが悪かったのだと彼の言葉を否定する。

レヴィが謝っていることと、村長が受け取っている意味が違うことがすぐにわかったけれど、私はレヴィがどこまで話すつもりなのかわからないので、やっぱり見守るしかない。

「私がここを買い取った時に、マティスには話したことがあったと思う」

「この近辺を緑豊かにしたい、というようなことでしたか？」

「うん、そう。この植物園を足がかりに、花や作物があふれ、住民たちの心も豊かな地にしたい。そう伝えたと思うんだ」

「……ああ、そう。そう聞いた覚えがあります」

「ああは言ったが、本当の目的は、花なんだ。当時は今よりももっと人々は飢えていたから、まずはとにかく腹を満たして、それから余裕ができた時に、花を植えることを思い出して欲しかった。少し遠回りだけどね」

「花、ですか」

村長はピンク色の山盛りの花を眺め、何かを確信したようだった。

「レヴィさん。ずっと昔には、魔物なんてのは行商人の噂でしか聞くことはなかったと、親父から教わったことがあります」

「うん、私もそう聞いている」

「もしかして、あの想い花が見られなくなったことと魔物が、関係してるんじゃないですか？」

私は驚いて、無造作に掃き集められた花の山を見る。

「ねえレヴィ、あの花が村に魔物が近づくのを防いでいたってこと？」

「はっきりとはわからないけれど、無関係じゃないはずだ。あの花だけじゃない、色んな花が人も魔物も癒していたんだ。だから花をもっと植えていけば、何かが変わるはずだと思う」

「人も、魔物も、ですか？」

村長が戸惑うのは、もっともだ。

だからレヴィは、躊躇《ちゅうちょ》することなく村長に頷《うなず》いてみせた。

「おいで、ベル」

レヴィが呼びかけると、ベルは私の肩から彼の手に飛び移る。

「マティス、このベルは……今は小鳥の姿をしているが、昨日村を襲ったフェニックスだ」

村長が息をのみ、レヴィとベルを見比べている。

しかしレヴィはかまわず続けた。

「そこの三匹の子犬はケルベロス。アズもまた、元は魔物なんだ。彼らはこの植物園の花を食べて今の姿に変わった。魔物としての凶暴性を失い、ただの獣に……まあ、アズはちょっと例外かな」

「……それは、本当なんですか？」

「もちろん。今さらマティスに嘘はつきたくないよ」

村長が強張った顔で聞き返すが、レヴィは愛想のいい笑顔のまま。

「花が魔物を鎮める……あなたはそれを実証したということですか」

「うん、ごめんマティス。ベーテルはその現場を見てしまったようだ。誰もが冒険者にはなれなくても、こうして花を植えることで魔物を無力化できるなら、それが一番いいのではないかと、私は思いはじめた」

村長は、大きく肩を落としたため息をついていた。

「わかりました……でもそういうことなら、早く言ってくだされば、協力しましたのに」

村長の言うことはもっともだと思う。

手伝っている私でさえ、想い花のことは初めて聞いたんだから。もっと早く言ってくれたら、騒ぎになることもなかったかもしれないのに。

「魔物と対峙するには、相当の覚悟がいるだろう？　失敗した時のことも考えないとならない。それに、花純が来てくれるまで、私にも確証がなかったんだ」

私が来るまで？

自分を指さしてレヴィに問いかけると、彼は笑いながらそうだよと頷《うなず》いた。

「魔物に有効な花を咲かせる魔法なんて私には使いこなせないし、想い花の咲かせ方もわからなかったから」

「わからなかったって、嘘でしょうレヴィ。魔法についてはまだわかるけど、想い花のことを知ってたから、さっきわざと……キ、キスしたんでしょう⁉」

思い出したら照れくさくて、ついどもってしまう。

「そんなことはないよ。想い花を見たのは、チコル村が初めてだった」

「チコル村？」

「きみがアニーたち姉弟のところで咲かせた黄色い花、あれも想い花なんだよ」

たしか黄色いタンポポみたいな、優しい花だった。あの花も、想い花。

てっきり、ピンクのこの花のことだと思っていた。でも初めてレヴィに出会った時、大事そうに胸ポケットにしまってあった、あの花が。

「私が探していたのは、想い花の咲かせ方ではなくて、咲かせられる人なのだと、その時気づいたんだ。だから花純を探して、無理やりにでも来てもらわなければと……少し焦った。でも想い花が咲くかどうかは、花純次第だから」

「わ、私次第？」

動揺していたから、よく話が呑み込めない私に、村長が横から小さな声で教えてくれた。

「ほら、別名、恋の花ってさっき聞いたろう？」

その言葉で、みんなの生温かい視線を思い出した。改めて考えてみれば、レヴィの話が本当ならば、花の存在イコール、私の公開告白みたいなもので。

「わあああ、ダメ、恥ずかしい！」

……穴、穴があったら入りたい！

「もう、もう無理、恥ずかしすぎて村に行けない！　どう言い訳をしたら……ううん、全部なかったことに……みんなの記憶を消してしまいたい」

頭を抱えて身悶える私を、アズが慰めてくれる。いつの間にかそばに来ていて、柔らかい手で私の頭を撫でてくれていた。

「うぅ……ありがと、アズ」

でもふと見上げると、大きな前歯をちらりと見せながら、ひげを揺らして笑っている。しかも、もう片方の手にどこから出したのか、のし棒が握られているし。

「いや、殴るのはダメだから！」

真面目にそう言うと、ちょっと残念そうにひげが下がる。

そろそろまたシロツメクサもどき、咲かせておかなきゃ。

アズにこんこんと説明する。さっきのは言葉のあやで、本当に殴って記憶を失わせるなんて、もっての外《ほか》なこと。せっかく植物園の平穏を取り戻せそうなのに、そんなことをしたら台なしなのだということ。

耳を垂らしながら素直に聞くアズ。持っていたのし棒を背中に隠す姿は、まるで叱られた子供のよう。

「まあまあ、それくらいでいいじゃないですか」

苦笑いを浮かべながら止めてくれたのは、村長だった。そして彼はこう提案してくれた。

「ひとまず、魔物のことは心配がなくなった。村人たちにはそう伝えることにします。その代わりと言ってはなんですが、条件をいくつか出させてもらってもいいでしょうか」

村長の言い分は、こうだった。

一つは、これからも慈善事業は続けてもらいたいということ。レヴィのことは近隣の村に広く伝わっていて、今では多くの人が頼りにしている。そのことはニルヘム村にとっても、メリットがあるのだそう。

それから自警団の出入りを受け入れること。そこで少しだけでもいいから、仕事の手伝いをさせて欲しいというのだった。

「手伝い……？　でも自警団のみんなも有志で、家の仕事の合間にやっているのでしょう？　なんだか申し訳ない気がするわ」

ニルヘム村だって、まだ豊かな状況ではない。だから村長の申し出が不思議だった。

「レヴィさんの話を聞いていて、疑問に思っていたことが、腑《ふ》に落ちたというか」

「疑問、ですか？」

「ええ、疑心暗鬼に囚われてここに来た者と、そうでない者の違いです。まず私、それから娘のカーリンや商店街の数人は冷静でいられました。村に残った者たちは恐怖に震えていたものたちがほとんどで、正気には欠けるので除外すると……やはりレヴィさんの言った通り、花純さんが手入れした花に、より多く接したからと考えるのが自然でしょう」

「ああ、だからせっかく出入りするなら、他の者たちもここで花に触れさせようと？」

レヴィの言葉に、村長は深く頷《うなず》いた。

「試してみる価値はあるでしょう。まだ村に残った者たちの疑心暗鬼は拭いきれていないのです。そうして時間をかけるのが一番いい。お互いのためにも」

レヴィもまた、村長の言葉に納得した様子だ。

私たちだけじゃない、村長もまた、時間が欲しいのではないのかしら。アズが、ヒイロたちやベルが、本当にこのまま穏やかな獣のまま暮らしていけるのか、その目で確認せねばならない立場だろうし。

「ああ、それともうひとつ」

村長が忘れていたとばかりに、最後に条件をひとつ加えた。

「これからも、ニルヘム村に花を植えてもらいたいのです。お願いできますか？」

私とレヴィは互いに見合って、それから二人声を揃えて「もちろん」と答えた。

そうして結局、私たちは村長の申し出に甘えることになったのだった。

一時はどうなることかと思ったけれど、これからもレヴィとともに植物園で働けるのが嬉しい。

アズ、ヒイロ、アオ、ミツ、そしてベルも一緒に。

ここを維持していくには、やっぱりニルヘム村があってこそ。彼らと力を合わせれば、もっともっと、上手くいくに違いない。


そんなこんなで、植物園にはこれまで通りの平穏が戻ってきた。

あの騒動のあと、村長だけでなく、正気に返った自警団の人たちも一緒になって、人々の心に巣食った植物園への疑惑を払拭してくれたのだそう。最初は懐疑的な人たちもいたようだったけれど、あれ以降フェニックスの目撃情報がなくなったことで、徐々に悪い噂は忘れられていった。

とはいえ、これからも魔物の襲来はあるかもしれない。ニルヘム村としては警戒は怠《おこた》らず、自警団も存続することとなり……結果、植物園に時おり賑やかなお客さんが訪れている。

今日もそんな賑やかな一日。

いつものごとく森の庭園の世話をして、アズのためのシロツメクサもどきを少しだけ採って戻るところだった。私の姿を見つけて、大きく手を振るのはベーテルと、彼の幼馴染だという自警団の青年がもう一人。今日は二人に、よく育って花をつけたチューベローズを収穫してもらっている。とても良い香りがする花で、香水を作るつもり。

でも私が声をかけようとすると、はしゃぐミツが彼らの背後から飛びかかり、ベーテルが畑に突っ伏してしまう。するとアオも負けじともう一人に尻尾を振って突進する。仲良くすっ転ぶところを見てしまい、笑っては悪いと思うけれども止まらない。

ここ一ヵ月でさらにすくすくと育った三兄弟だけど、まだ子犬っぽいところは抜けないようで、いつもこんな調子だ。

「お帰り、花純」

「うん、ただいまレヴィ。これ、アズにお土産ね。ベルもご機嫌ね」

テラスからジョウロを持って出てきたレヴィの肩で、ベルが今日も美しい声で鳴いている。

ベルもまたすくすくと育ち、自慢の赤い羽はさらに美しくなり、手入れのため朝一番に水浴びするのが日課。ベルは穏やかなレヴィが大好きで、彼にその水を用意させたくて、寝坊しがちな彼を起こす係となって久しい。

ああそれと、アズは相変わらず。彼の姿はさすがに受け入れられないだろうという村長とレヴィの考えから、村の人が来る時は地下で大人しくしている。本人も、さほど人間と交流したいとは思っていないようだけれど、たまにお菓子を作り置いてくれるから、そう悪く思ってはいないんじゃないかな。

今も室内をのぞくと、カウンターの上にはいつの間にか、ヤマモモのパイとお茶のセットが、四つ置いてある。それから小さな水入れが一つに、同じ形の深鉢が三つ。

「ふふ……」

「どうした？」

クスクスと笑い出す私に、レヴィは不思議そうな顔をする。

ああ、なんて幸せなんだろう。

心からそう思うけれど、なんだか口に出すのは、勿体ないような、照れくさいような。

「……ううん、なんでもない。そろそろ休憩しましょうか？」

「ああ、そうだね。泥まみれになる前に、みんなを呼んでこよう」

レヴィが花畑の中で戯《たわむ》れる三匹と二人に向かって声をかけるのを聞きながら、私は白い花の入った籠《かご》を持って、カウンターに向かった。

第七章　花純とレヴィの小さなのぞみ

植物園の花は夏の盛りから秋の色へ移り変わろうとしている。同時にニルヘム村に提供している花を取り替えるべく、今日は村を訪れていた。

そろそろ収穫の仕事が多くなり忙しいだろうに、カーリンが手伝いに来てくれた。一ヵ月前に植えたものは花期を終えたので、代わりにコスモスのような花弁をもつ少し背の高い花、それから丸いボンボンのような菊、小さな花が菫《すみれ》を思い出すようなものなど数種類を植えることにした。

最初は花なんて植えて何になるんだと言う人もいたけれど、植物園で想い花に触れた人、それを持ち帰った人の周りから徐々に、花を歓迎してくれる人が増えていった。それこそ、一日一日、草木の根が徐々に伸びるかのようにゆっくりではあったけれど、確実な変化だ。

実はあれから、想い花を咲かせようと一人でこっそり試してみたのよね。でもどうしても咲いてくれなかった。レヴィといると簡単に咲くのに、本当に不思議な花。

そうそう、花の世話も村人が買って出てくれるようになり、ずいぶんと長持ちしている。そういうこともあり、もっと楽しめるようにと、寄せ植えに挑戦することになった。

まずは街道から村に入る入口付近を重点的に花で飾るつもりだ。たくさんの苗をあらかじめベーテルたちに運んでもらってあるので、早速二人で作業をはじめる。

「穴のあいた樽《たる》をもらえたの。これで大丈夫？」

「ありがとう、いつも助かるわカーリン」

「どういたしまして！　で、どれから植える？」

「うん、大きな樽《たる》から片付けちゃおうか」

樽《たる》に土を入れて、大きな植木鉢の出来上がりだ。土はさっきレヴィが持ってきてくれたもので、そのレヴィは少し話があるみたいで村長の家にいる。

花の苗を並べて位置を決めて、二人で手分けして隙間を土で埋めていく。

手は動かしつつも、そこは女子二人。同時に口も忙しい。

仲良くなった商店街の人たちの近況や、外から伝え聞く噂、最近の流行についてなど、とりとめもなく次々に話題は流れていく。

最後に、ニルヘム村の良いニュース……近々結婚式が二件あるみたい。そんな話でカーリンの長いおしゃべりは締めくくられた。

そうして大きな樽《たる》の植え付けを終え、街道脇にもいくつか苗を直植えして回る。手押し車に残りの苗をのせて村の中に移動しようとしたところで、カーリンが何かに気づいて足を止めた。

「ねえ……レヴィさんって役場にも用事があったの？」

村に入る街道からほんの少し奥に行った先に、村の集会場兼簡易役場がある。

「あれってレヴィさんじゃない？」

カーリンが指さすほうを見ると、役場へ入っていくレヴィの後ろ姿が見えた。

「村長とのお話は終わったのかしら。それにヒイロは？」

今日はヒイロが一緒に来ているのに姿がないなんて。周囲を見回していると、役場の向こうの通りからヒイロがひょこんと顔をのぞかせる。

「ヒイロ！」

私に気づき、ヒイロは尻尾を振りながら駆け寄ってくる。もちろんカーリンにも挨拶をして、ちゃっかり頭を撫でてもらっている。

荷物を運ぶお手伝いとして、今日はヒイロだけ連れてきていた。三匹のなかでヒイロが一番気性が安定しているため、レヴィが同行を許してくれたのだ。

彼らはこの一ヵ月ですっかり村人たちに受け入れられている。やっぱりもふもふは正義、ということなのかもしれない。

「花純、ちょうどよかった」

ヒイロと戯《たわむ》れていると、役場から出てきたレヴィが私を見つけてやってきて、私に一通の手紙を差し出した。

「話が終わったら、きみに手紙が届いていると村長に聞いて、ついでだから受け取ってきたんだ」

「ありがとう」

差出人を見ると、アニーとリュックの名前が書かれていた。

前に私から出した手紙がちゃんとチコル村に届いたのだ。

「嬉しい！」

レヴィはにこにこしながら、私から苗の入った手押し車を取り上げ、はしゃぐヒイロとカーリンを促《うなが》して歩きはじめる。

私はそんな彼の厚意をありがたく受け取り、二人と一匹の後を追いながら、手紙の封を切った。

——花純、お元気ですか、アニーです。

そんな書き出しの手紙には、私のことを案じていたこと、それからアニーが考えていた通り、私がレヴィのもとに行くことになったことへの安堵が滲《にじ》んでいた。

パーティから追放され心細くて泣いた姿を見ているから、ずっと心配してくれていたのだろう。彼女たちとの出会いがあったからこそ、こうしてレヴィと出会えた。アニーとリュックには、感謝してもしきれない。

手紙によるとチコル村では、私が咲かせまくってしまった花が実をつけ、人々の懐《ふところ》がいくばくか潤《うるお》ったという。その後の反動で、どう作物に影響が出るかはわからないけれど、今のところはトラブルなど出てないみたい。それが気がかりだったから、私は手紙を読みながら胸を撫で下ろす。

「いい報せ？」

嬉しくて顔がにやけてしまっている私を、レヴィが振り返る。

「うん、チコル村もアニーたちも、変わりないみたい」

「それは良かった、花純はずっと気にしていただろう？」

以前アニーたちへ手紙を送る時に、レヴィと相談していたのだ。もし私が軽い気持ちで施した魔法のせいで植物への影響があったら、きちんと責任を取りたいって。

「急いで行く必要がなさそうで良かった。そのうち会いに行ったらいい」

「うん、それに二人にもこの植物園を見てほしい……できることなら」

冒険者だった頃は、それこそ移動につぐ移動の日々だったけれども、いざ定住してみると、それがこの世界ではどんなに特殊なことかわかった。ニルヘム村の人も、もちろんチコル村の人々も、よっぽどのことがない限り村を出ることはない。

いいえ、出られないというほうが正解。

「いつかその日は来る、そう悲観することはないよ」

「そうね、いつか魔物が世界からいなくなればいいね」

そうできたらいいなと思う。

いつか全ての魔物が無害化して、私の世界みたく移動の危険がなくなれば……。いつでも自由に誰とでも会えるし、どこにでも行ける。アニーたち姉弟のような子供たちにも、まったく違う可能性が広がるのだから。

ふと足を止めたレヴィを振り返る。どうしたのだろう、なぜ悲しそうな顔をしているの？

「……レヴィ？」

「いや、花純の言う通りだなって思って。それなら、もっとたくさん花を植えなくちゃならないね」

「平気よ、私頑張るもの」

張り切ってそう答えたら、レヴィは微笑み返してくれたのだけれども……どこか心ここに在らずといった様子だ。

何か気にかかることでもあるのだろうか。

「それより急ごうか。今日は暑いから、早く植えてあげないと苗が干からびてしまう」

「うん、そうね」

私はじんわりと滲《にじ》む汗を拭い、読みかけの手紙をポケットに入れる。そして歩きはじめたレヴィの後を追うのだった。

それから私たちは村の各所で、花を終えて萎《しぼ》んだ株と新しいものとを交換して回った。持参した苗をすべて植えると、ヒイロを連れて村長の家に向かう。

そこでカーリンとともに、村の施設で蒸留した精油を使った、練り香水を分けてもらった。

最初はせっかく咲いた花をただ枯れさせるのはもったいないから、ポプリにでもしようと考えていた。けれどポプリのように花を乾燥させて使うものより、香水のほうが好まれると聞いたので、村の人にお任せすることになったのだ。

「花純からいい香りがする。強すぎず、とてもいいと思うよ。ヒイロも嫌がってないみたいだし」

村から植物園に戻る道中、風をうけて馬車の中でほんのり薫る香水へのレヴィの評価は、まずまずのようだった。

花の代金を受け取らないレヴィに代わって、私が製品になったものを分けてもらうことになったのだけれども……少しばかり彼のことが、色んな意味で気にかかる。

「私ばかりもらって、良かったのかな。レヴィだって苦労して育てた花なのに」

「代金のことを気にしているの？」

「……余計なお世話かもしれないけれど、二ヵ月も働けば察するわ。植物園の収益は、私のお給料を払ってしまったらほとんど残らないんじゃない？」

「ああ、そのこと」

レヴィが笑った。

「私はいいんだ。暮らしていくのに充分な蓄《たくわ》えはあるし、植物園以外にやりたいこともないから」

「……そうなの？」

「ああ、このままでいられるなら、もう何も望まない」

なんてことないような口調なのに、どこか寂しく感じるのはなぜだろう。

「それにね、花純が来てくれてから毎日が楽しい。そのお礼に、もっと出してもいいくらいだよ」

「い、いいよ、充分な額だもの！」

「そう？　お金はあったほうがいいって、皆が言うから。これから何かあった時に、私が払った給金が花純の助けになるならとても嬉しいよ。いつか、花純は植物園を離れることがあるかもしれないのだから」

「うん……ありがとう」

レヴィが提示してくれたお金は、もったいないくらいの金額だ。衣食住のほとんどにお金がかからない生活をしているので、大半を貯金できる。

でも――。レヴィの言った、これからの可能性に愕然《がくぜん》としている自分がいた。

彼が私を思って言ってくれたのはわかる。でも植物園ではないどこかで暮らす未来なんて、思ってもみなかった。

そのことを考えると、まるで突き放されたような気がして、悲しい気持ちになる。

私は彼の作った馬車に揺られながら、足元で大人しくしているヒイロ、それから昼間の憂《うれ》えた様子はもうすっかり消えたレヴィの端整な横顔を、ちらりと窺《うかが》う。

ずっと一緒に植物園にいてほしいって、そう言ってくれたよね？ レヴィが楽しいと言ってくれたこの生活を、私もずっと続けたい。レヴィも、リヒトのように気が変わってしまったのだろうか。


植物園に帰って夕食を早めに取ったあと、私は読みかけだった手紙に目を通すことにした。

アズは片付けが終わったらすぐに、明日のデザートに使うパイ生地の仕込みをしている。レヴィは調べものがあるらしく古い書物を手に部屋にこもっていた。ベルは布をかけた鳥籠の中で休み、ヒイロたち三匹はラグの上で仲良く並んで船をこいでいる。

ゆったりとした時間が流れる、夜のひととき。

足元で寝息をたてはじめた三匹を起こさないように、私はソファに座りそっと手紙を広げた。

手紙には、アニーたちが一斉に実りを迎えた畑の仕事に追われたこと、それから一度に食べきれないものを保存したり、大変ではあったけれども食糧を得た喜びのなか、なんとか作業を終えられたことが詳しく書かれていた。

私を馬車に乗せてくれた商人のお爺さんが、再びチコル村に戻ったのと、私から出した手紙が届いたのが、ほぼ同時期だったみたい。お爺さんから私がレヴィに連れていかれたことを聞かされ、アニーはとても驚いたらしい。でも私が手紙に経緯を書いておいたから、レヴィを人攫《ひとさら》いと勘違いせずにすんだということだ。

それから……

めくった次の紙に、思いもよらない名前があって、手が止まる。

――実は花純にこのことを伝えたくて、急いで筆を取りました。チコル村に、リヒトという名の冒険者とその仲間が再びやってきて、花純の行方を聞いて回っていました。村の人たちから花純がしたことは話が漏れてしまいましたが、あなたの行先を私からは知らせていません。手紙のことも話していません。本当はどうしようかと悩んだのだけれど、花純の涙が忘れられなくて、教えることができませんでした。もし、リヒトという人と連絡を取りたいと思っているなら、カーコフの街の聖教会に手紙を書いてください――

リヒトが、私を探している？

とても信じられなくて、手紙の文字をもう一度なぞるが、読み違いではないらしい。

「いったい、どうして？」

もしかして、お金を預かったままだから、返してほしいのかしら。

……ううん、違う。多少のお金のことぐらいで、旅を中断して引き返すような人じゃない。

ならば、何か大事な用？

手紙には、なぜ今さら私を探しているのかは書かれていなかった。アニーのことだから、書いてないということは、おそらく理由を聞くことができなかったのだろう。手紙のその後はもう、時節の挨拶で締めくくられている。

どうしたら、いいのかな。カーコフの街といえば近い。ニルヘム村から一つ隣の街。きっと行こうと思えば、片道一日もかからない。

私はいったん手紙をしまい、いつの間にかお腹を出して寝ている三匹のそばにしゃがみ、そっとふかふかの毛を撫でる。

「会わないと、いけないのかな、やっぱり」

彼に会うのにためらいがあるということは、まだあの別れが尾を引いているのだ。でもそれでいいのだろうか。リヒトは人々のために冒険者をしていて、もうすぐ勇者となるに違いない。そんな彼が、何の用事かはわからないけれど、私を探している。ここはやっぱり、協力するのが一般人の役目だろう……でもどんな顔をして会ったらいいのかな、それに今の私を見て、彼はなんて言うだろう。彼の期待に応えられなかったら、また冷たい目で見られるのかもしれない。

寝息をたてるアオを撫でながら、うんうん唸っていた。

「どうかしたの、花純？」

レヴィが書物を抱えながら、階段を降りてきた。

「調べもの、終わったの？」

「ああ、今日のところは。それより、困ったことでもあった？」

「……うん、実はアニーからの手紙に、リヒトが私を探してるって書かれてて」

「リヒトって、花純を追放した冒険者？」

にわかにレヴィの顔が強張った。

彼にもパーティを追放された件を話してあるけれど、さすがにリヒトに失恋したことまでは伝えていない。彼のことだから察しているかもしれないけれど。

レヴィは抱えていた書物を書棚に収めてから、私の隣に座った。

「やっぱり連絡したほうがいいかな。リヒト、今はカーコフの聖教会に滞在しているらしくて……」

言い終わらないうちに、レヴィはすぐ横の背もたれに手をかけ、身体を私に向けた。その姿勢で手紙をのぞき込むと、ぐっと距離が縮まる。

「会いたいの？」

「え……？」

問いにも、彼の怒ったような顔にもドキリとしてしまう。

「リヒトという男が望めば、花純は私のもとから去ってしまうのか？」

そう聞くレヴィの顔が、少しだけ怒っているように見えたから、慌てて首を横に振る。

「あ、あの、違うの」

「……違う？」

「そう、だから怒らないで？　リヒトは冒険者だから、その関係で何か困ってるのかなって。もしそうなら、嫌でも会わないと他の人に、めいわ……く」

わああ、近い近い。

レヴィの額が私の肩に乗ってる。金色の髪が、くすぐったくて。

「怒ってなんかいない、でもごめん、怖がらせたね」

「え……あ、ううん」

「自分でも取り乱すなんて思わなかった……そいつのせいで花純がいなくなるかもと思ったら、すごく、嫉妬して」

「ええ？　それは誤解よ」

「本当に？　ここから去ったりしない？」

「どこにも行かないわ。レヴィこそ私のこと、迷惑じゃない？」

「ずっといて欲しい気持ちに、変わりはないよ」

「……よかった」

突き放されたような気がしたのは、私の勘違いだったんだ。また別れを告げられるんじゃないかって、疑心暗鬼になっていた。レヴィには申し訳ないことをしてしまった。

私の声でアオがむくりと起きて、並んで座る私たちの隙間に顔を押し込む。そしてうるさいとでも言いたげに、ひとつ荒い鼻息をついた。

私たちは互いに顔を見合わせて笑い、和ませてくれたアオに「ごめんね」と謝りながら撫で回す。

何があっても、もふもふは私の心をいつも落ち着かせ、癒してくれる。そんなアオたちに感謝しながら、改めてレヴィに自分の気持ちを正直に伝えることにした。

「私はね、ちょっと会いたくない気がして、それで困ってたの。リヒトが何か事情があって私を探しているのなら、協力したほうがいいんだろうけど、すぐにそうしようって思えなくて。ほんの二カ月前までは、仲間のこととかすごく大事にしてたのに、薄情だなって」

「じゃあ、花純は彼のもとに戻りたいわけじゃないんだね？」

「ないよ。さっきも言った通り、私はここにいたい」

何げない言葉のはずなのに、まるで告白するかのように、ドキドキする。

レヴィはわかってくれたようで、極上の笑みを浮かべている。

「ありがとう、花純」

そんなことで頭を下げるなんて、ちょっと大げさだよと言いたい。

けれども見計らったようなタイミングで、アズがポットを持って上がってきた。寝る前にいつもレヴィが飲んでいるハーブティーには、今日は想い花が二輪、浮かべてあった。

それをレヴィとともにいただく。

不思議な味。ほんのり甘くて、でも後味は爽やかだ。

今日はアズも自分の広口のカップでお茶を飲んでいる。こうしていると、いつものまったりとした雰囲気が戻ってきたみたいで、ほっとして瞼《まぶた》が重くなる。

ふわふわと心地よい眠気のなかで、リヒトに連絡を取るかどうか、もう少し時間をかけて考えてから決めようと思う。

私が手助けできることなんて、思い浮かばないもの。私の無事を心配してくれた、その程度のことに違いないから。

手紙をもらった翌日、アニーとリュックに返事をしたためた。相変わらず元気でいること、それから植物園がかなり充実してきたこと、やりがいがあってこれからも続けていくつもりのことなどを書きつらねる。

そして最後に、リヒトに居場所を教えないでくれたことを感謝して締めくくった。

もし再び私の居場所を問い詰められたりしたら、無理に隠す必要はないとも書き加えてある。これ以上は、迷惑をかけられないものね。

便箋を折りたたんで、押し花にしておいた想い花を挟み、封をした。

「ねえレヴィ、ちょっと手紙を出しに行きたいんだけど……レヴィ、いないの？」

階段を降りていくと、リビングががらんとしている。

てっきりレヴィがくつろいでいるかと思っていたのに、拍子抜けだ。私の声に気づいたアズが、カウンターの向こうから顔を出した。そしてテラス窓のほうを指さす。

「もしかして、外に行ったの？」

アズが耳を揺らしながら、二つ頷《うなず》いた。

「ありがとう、アズ」

朝の仕事が終わり、今はお昼を挟んでの休憩時間。

まだまだ日差しが強いので、最近は日が高い時間帯を、休憩兼自由時間にしている。

私たちはその時間に、各々お茶を飲んだり、本を読んだり好きに過ごす。

だからてっきりレヴィも室内にいると思っていたのだけれど、見当たらなかったのでテラス窓から外をうかがう。すると西側の庭園に向かう、レヴィの後ろ姿が見えた。

「いたいた。レヴィ……」

テラスに出て、大きな声で呼びかけようとしたのだけれど、彼が何か大きな荷物を持っていることに気づき、じっと目をこらす。

レヴィが生垣の角を曲がった瞬間、抱えているのが大量の花だとわかった。

ふいに、村の雑貨屋のおばさんの言葉が頭をよぎる。

——相変わらず、誰かに花を届けているって噂だよ？

考える前に、身体が動いていた。

見えなくなったレヴィの後を追って、走り出す。

でもレヴィはずっと先に行ってしまっていて、さっきいた辺りにたどり着いた時には、もう彼の姿はどこにもない。庭園は生垣によって、いくつもの小さな庭に分割されていて、見通しが悪い。

それでも、どこかの庭にいるんじゃないかと、戻る気にもなれず彼を探して歩き続け、植物園の端まで来てしまった。

そこは以前、私がニルヘム村に植える花の苗を作ろうと、一人で耕しはじめた小さな畑がある場所だった。今では他の苗と同じ場所で作っているから、以前植えた花がちらほら咲く、とりとめもない花畑になっている。

でもよく見ると、手つかずのままだった花畑に、誰かが横切った跡がある。

「もしかして、レヴィ？」

枝葉が不自然に分けられた道の先には、森との境界に張った魔物よけの柵。よく見ると、その柵の一部が外されていた。人が一人、抜けられるほどの幅。

私はその柵のこちら側から、うっそうと茂る森を見る。

わずか一メートル先でも、夏の日差しさえ遮《さえぎ》る闇が、深く続く森。

目を凝《こ》らしても、どこにもレヴィの姿は見つけることはできなかった。

でもこれで、私は確信してしまった。レヴィが花束を持って森に入っていたという噂は本当で、今も続けていたんだと。

「レヴィ……」

花を誰かに、渡すのかな。でも森の中に住んでいる人なんかいるのだろうか。

ううん、レヴィが花を誰かに贈っていたとしても、私がどうこう言う権利なんてないし。でも何か事情があるなら、聞いたら話してくれるのかな。

そんなことをぐるぐる考えていた。

けれども、しばらく待ってもレヴィが戻る気配はない。仕方なく、私は一人で戻るしかなかった。

「……アズ、どうしたの？」

てっきり地下の厨房にいるかと思っていたアズが、テラス窓のすぐそばで立って待っていた。

「ねえアズ、レヴィは花束を持って、どこに行ってるのかな」

アズにそんなこと聞いても仕方がないとわかっているけれど、口にしないと胸にくすぶった気持ちを持て余しそうだった。

そんな私の問いに、アズは耳をぴんと立て、大きな目をぱちくりさせた。

「ごめんね、変なこと聞いて。でも、誰に花を贈ってるんだろうって、村の人たちがそう言ってて……お、女の人じゃないかって」

するとアズは、急に慌てたように、ジェスチャーで何かを伝えようとしてくる。両手を大げさに振ったり、頭を大きく横に振って見せたり。

その意図を読み取ろうとするけど、結局何を言っているのかわからず、首を傾げるしかない。

するとアズも諦めたのか、大きな鼻息をふーっと吹くと、私の頭をひと撫でして踵《きびす》を返した。

「ふふっ、よくわからなかったけど……慰めてくれたって、ことなのかな」

彼がどこまで私の気持ちを理解してくれているのかわからないけれど、彼らしい思いやりを感じて、少しだけ元気が戻る。

「ねえアズ」

カウンターに回り込もうとしたアズが振り向く。

「今からちょっとニルヘム村まで手紙を出しに行こうと思うの。お昼も向こうで食べてくるわね」

アズは少し考えたあと、白くて小さな指を前後にひらひらと振って見せた。

これは了承、「行ってこい」の合図だ。

「ありがとう。夕方の作業までには戻るから！」

私は帽子と鞄を持ち、レヴィが消えたのと正反対の道を歩き出す。

今日は暇だと言っていたカーリンを誘って、村でちょっとした流行《はや》りになっている花入りクッキーを買って一緒に食べよう。うん。

昨日といい、今日といい、色々といっぱいいっぱいだもの。女子会を開くには、充分な理由だと思うのよね。


「ええー、花純まだ中途半端なままなの？　くっついたのかと思ってたのに」

村長宅の裏手には、ちょうどいい木陰のある庭がある。

そこに買ってきた軽食やらお菓子を集めて、カーリンとプチ女子会を開催中。彼女は私よりも三つほど若いけれど、いわゆる耳年増。自分だってまだお付き合いどころか、男性に想いを寄せたことすらないわりに、私の話にはぐいぐい食いついてくる。

「くっついたって……その口調、ローウェルさんの奥さんそっくりよ、カーリン」

「うそっ、本当？」

私がからかうと、カーリンは可愛らしく両手で口を覆う。

ローウェルさんというのは村長の幼馴染の人なんだけど、その人の奥さんが良く言えば明るくて話し好きの……つまり噂話大好きな、なんでも首を突っ込みたがる人で。その奥さんに知られた話は一瞬で村中にいきわたるっていう強者。カーリンの家にも頻繁にやってくるせいか、私もすっかり顔見知りだ。

「冗談よ。カーリンってば慌てて、可愛い」

「……もうっ、わるい冗談はやめて、お嫁に行けなくなっちゃう」

彼女の口を閉じさせるには充分すぎる言葉だったみたい。悪気はなかったものの、引き合いに出したことを、ローウェルさんの奥さんに心の中で謝っておく。

一方、苦笑いを浮かべたカーリンは、ポットからお茶を注ぎ足しながら「反省するわ」と素直に言ってくれた。

冷たくなった二杯目のお茶に、干したオレンジを入れて甘くしてから、二人でもういちどゆっくりとお茶を楽しむ。

「でも、レヴィさんの花束は、確かに気になるわね。普通、この辺りで花を渡すことは、意中の人に告白するのと同じだもの。とはいえ、レヴィさんのことだから村に花を植えてくれたのと同じで、どこかに持っていって花を増やそうとしたとか？」

「森の中の、どこに？」

「ああ、うん、そうよね」

植物園の西側は特に、魔の森に繋がる、人の住まない土地だ。それはカーリンのほうが、私よりもよく知っている。

「そんなに気になるなら、本人に聞くしかないわよ花純。レヴィさんなら、案外すんなりと教えてくれる気がするわ」

「……うん、そうだね」

カーリンの言う通りだ。まずは聞いてみるしかない。

「元気だして！　レヴィさんが花純を傷つけるようなこと、するわけないわ。ところで、森って言って思い出したわ……これもローウェルさんの奥さんから聞いた話なんだけどね」

「なあに？」

いきなり話を変えたカーリンが、目を輝かせながらテーブルに身を乗り出して続けた。

「近々、勇者認定があるんじゃないかって！」

「勇者認定！」

「そう、ようやくよ！　なんでも今、カーコフに首都の聖教会の司教様がいらしてるそうよ。だからついに神託が下ったんじゃないかって噂になっているの。これで魔王が倒されて、ようやく平和が訪れるのよ」

カーリンは両手を胸の前で合わせて組み、神様に祈る。

この世界には魔王もいるけど、神様の御遣《みつか》いである勇者も存在する。今は魔王が勢力を増し、人間が虐《しいた》げられる時代。でもそれは長く続くことはなく、いつも聖教会と呼ばれる寺院に選定された勇者が魔王を討伐し、平和を勝ち取ってきたのだそう。

まあ、それは伝説になるくらい長いスパンのことらしいので、今生きている人々のなかで勇者を本当に見た者はいないのだけれども。

そんな世界の仕組みは、リヒトがずっと口にしていた。

リヒトは冒険者をしながら、いずれ魔王を倒せる勇者となるべく、日々研鑽していた。

そしてそれを聞いた私は、彼を信じ、心から応援していたのだ。

「でもそんな一大事を、どうしてローウェルさんの奥さんが知っているのよ？」

「ああ、それは奥さんの実家がカーコフにあって、宿屋を営んでいてね。そこからの情報ではどうも、聖教会の偉い人がカーコフの支部に数人滞在しているみたい。それで何組もの冒険者が、噂を聞きつけて集まってきてるらしいわ。我こそはって志願するために」

「……あ、だからリヒト」

「ん、何？」

「な、なんでもないよ、続けて？」

カーコフに連絡を、というのは、彼も認定を意識してカーコフに滞在しているのだろう。

いったん彼のことは時間を置くつもりだったのに、知らぬ間に追い詰められていたような気持ちになる。

「うん、それでね。聖教会に滞在している偉い人の指示で、魔の森の中に物資を運んでいるらしいの」

「魔の森に？」

「たぶん、討伐の拠点を作るんじゃないかって。実は、国の兵士もそれを手伝っているというのよ」

「討伐……って、それも聖教会の仕事なの？」

「ううん、普通は魔物討伐で戦うのは冒険者、それから兵士のはずよ。でも聖教会が動いたっていうのが本当なら、勇者が現れて魔物や魔王を倒してくれるってことじゃない!?」

カーリンが喜ぶのは当然だろう。彼女たちはまだ、魔物のいない環境で暮らしたことがない。平和や安全という言葉は夢のような理想であり、手の届かないものと同じ意味だったのだから。

そしてカーリンが期待を込めるのは、聖教会が動いたからなのだろう。以前から国は軍隊を派遣して、魔物討伐に努めてきた。けれども聖教会はそこに協力してこなかった。

理由はひとつ。神託が下りないから。

魔物を、魔王を倒せるのは、唯一無二の存在なのだというのが、聖教会の考え。それがついに国と手を組んだとなれば、期待するのは仕方がないだろう。

しかし……

ずいぶんと慌ただしい状況になってきたことを知り、私は複雑な心境だった。

魔物がいなくなり、人々が命の危険を感じながら生きる息苦しさから解放されるのは、とてもいいことだと思う。

でも本当に魔物をすべて、討伐してしまうのだろうか。

たとえば、姿を変えて暮らしているアズやヒイロたちは、どうなるのだろう。

魔物がいるせいで、土地だけでなく人の心が荒《すさ》み、争いが起こるとされている。でも、人の心が闇に落ちると、魔物に力を与えるとレヴィは言っていた。

互いに干渉しあうのに、魔王だけを討伐すれば全て解決するって、本当なのだろうか。

アズたちとの穏やかな暮らしを守るには、どうすればいいのだろう。

言いようのない不安で、ひんやりとした汗が背筋に滲《にじ》んだ。

第八章　突然の再会と、別離

カーリンとのプチ女子会を終え、村長宅を辞して植物園へ戻ろうとしたところに、噂のローウェルさんと出くわした。

彼は村長さんと幼馴染で、カーリンにとっても親戚のおじさんと変わりない関係だそう。彼はたびたび村長の家に出入りしているため、私ともよく顔を合わせる。

「こんにちは、ローウェルさん」

「やあ、花純さん、元気？　うちの奥さんが秋咲きの花を欲しがっているから、また分けてやってくれるかな？」

「はい、もちろんです。明後日にはまた植えに来るつもりなので、その時にお渡ししますよ」

「あ、明後日か……そうか困ったな」

「もしかしてお留守ですか？　その日が無理でしたら、カーリンに預けておきますけど」

「ああ、うん。ごめん、そうしてくれると助かるよ。実は今日も実家の手伝いでカーコフに戻っててね。いったん帰ってくるけど、一日おきで通ってるんだ」

「カーコフに……大変ですね」

「いいや、うちは子供が独立して暇を持て余しているから。おかげで静かでいいんだが、かえって静かすぎて。ははは」

みんなにとってはちょっと賑やかすぎる奥さんだけど、ローウェルさんはそんな奥さんととても仲良し。喧嘩も多いけど、いつもすぐに仲直りすると、カーリンから度々聞かされている。

「じゃあ、苗をすぐに植えなくても大丈夫なように、日もちするようにしておきますね」

「本当に助かるよ」

カーリンとローウェルさんに別れを告げて、植物園に急いで戻ることにした。

レヴィの馬車を使わずに来たから、帰りも歩きだ。それでも急げば二十分くらいで戻れるはず。

気が急いて、何もないところで転びそうになりながら、私は早歩きで歩く。

ほんの少しもたげた疑問が、歩いているうちに不安に変わってきて……気づいたら走っていた。

ローウェルさんの奥さんがカーコフにいると思うと、いろんな可能性が頭をよぎり、不安でたまらない。もしリヒトが奥さんの実家の宿に泊まっていたら……。ローウェルさんの奥さんのスピーカーが聖教会の誰かにまで届いて、私の名が出たら……？

「考え過ぎだって……自意識過剰だってわかってるけど」

ただレヴィに会って、大丈夫だよと笑ってほしい。きっとそれだけで、不安なんて消し飛ぶに違いない。

植物園の背の高い生垣の間を抜け、広い花畑に出ると、すぐにギャンブレル屋根に白い窓枠の家が見えた。

いつもの景色にほっと息をつき、落ち着きを取り戻す。

何を焦っていたのかと自分でも馬鹿馬鹿しくなり、ゆっくりとテラス窓を開ける。

「ただいまー。レヴィ、帰ってる？」

強い日差しの中から急に暗い室内を見たせいか、いつもより室内が暗くぼんやりとして形が判別しづらい。

「ヒイロ、アオ、ミツ？　ベルもいないの？」

返事がない。帰りが遅いレヴィを迎えにでも行ったのかな。それならアズに聞いてみるしかないかしらと、目をこすりながらカウンターに向かって一歩踏み出す。

「きゃっ」

何かにつまずいて膝をついた。

手をついた場所はとても柔らかくて、ふさふさしている。覚えがある感触……これは、アズ？

ようやく慣れてきた目をこらすと、そこに転がっていたのはやっぱりアズだった。

しかも両手を縄で縛られ、足には鉄でできているかのような、大きな枷《かせ》が嵌《は》められているではないか。

「あ、アズ！　いったいどうしたのこれ？」

アズは私を見て、そして続けて部屋の奥に顔を向ける。

つられるようにしてそちらを見ると、さっきは暗がりでしかなかったソファに、誰かが座っていた。

レヴィ？　ううん、違う。彼の金髪よりも、ずっと淡い銀の髪が見える。

「……誰？」

その人がすっと立ち上がると、奥にある小さな窓から入る光に顔が照らされた。

「リヒト……？」

私がそう口にすると、アズが唸りながら這って私の前に出る。

ガチャガチャと足に嵌められた枷《かせ》が鳴り、彼の足に食い込む。既に何度も抵抗したのか、赤い血が滲《にじ》んで痛々しい。

「や、やめてアズ、傷が広がっちゃう！」

強く噴きつける鼻息と、背中の逆立つ毛から、アズの怒りを感じ取る。

「まさか、リヒトがやったの？」

ゆっくりと私たちに歩み寄るリヒトに問いかけるけれど、彼は答えずにアズを見下ろした。そして右手を持ち上げ、その手でアズの頭を思い切り押さえつけた。

「アズ!!」

鈍い音とともに床にたたきつけられたアズ。私は悲鳴を上げ、リヒトから守ろうとアズの頭を両腕で抱え込んだ。

「止めて！　お願い。どうしてこんなひどいことをするの!?」

するとリヒトはアズから手を離し、言った。

「花純は騙《だま》されているんだ。上位の魔物は狡猾《こうかつ》で、嘘をついて人間に取り入る」

恐る恐る見上げる私に、リヒトは別れた時と変わらず整ったその顔を、少しも歪《ゆが》めることなく美しく微笑んでいた。

「迎えにきたよ、花純」

——迎え？

リヒトが発した言葉を、すぐには理解できなかった。

私が驚き固まっていると、彼はもう一度言った。

「迎えにきた。寂しい想いをさせてすまなかった、花純」

差し出されたリヒトの手には、血が滲《にじ》んでいた。

それがアズのものだとわかり、私の頭が、血が、沸騰したかのようだった。

気づいたら彼が差し出した手を叩き返していた。

「ふざけないで、私はどうしてこんなことをするのか聞いてるの！　彼は……兎だけど優しくて、いい人よ。こんな風に暴力的に押さえつけられるようなことは、一切していないわ！」

もちろん、一流の魔法剣士であるリヒトは、私が叩いたくらいではびくともしない。それでも、これまでリヒトに強く逆らったことなどなかった私の、ありったけの拒絶を伝えるには充分だったようだ。

この状況に不釣り合いなほど優しい笑みをたたえていた彼の表情が、潮が引くかのように消えていく。

「可哀そうに、毒にあてられたのか」

「……毒？」

リヒトは腰に差してあった剣に手を置いた。

「魔物は悪意そのもの。世界に淀んだ欲、人を騙《だま》そうとする嘘、嫉妬や憎しみや狂気をばらまく。魔物あるところに悪意あり。魔物は人を狂わせる。そう教えたはずだ」

鍔鳴《つばな》りがしたと思った次の瞬間には、長い剣が抜かれており、その切っ先がアズの鼻先に突きつけられていた。

「止めて！　アズは誰も傷つけてない！」

人を襲うことも、畑を荒らすこともしない。ただここで暮らしているだけなのに。

アズを庇う私に、リヒトは言った。

「なるほど。兎《コレ》が魔物であることに、異議はないようだな」

抑揚のないリヒトの声に、私はハッとして青ざめた。

リヒトの表情が強張っている。彼は、怒ると氷のように感情を凍らせてしまう人だった。

「ち、違うの、聞いてリヒト！」

ほんの少し持ち上げた剣を、躊躇《ちゅうちょ》なくアズの上に下ろす。

私なんかが気づいてもそれに反応できるはずがなくて、ただアズが傷つく恐怖から、瞼《まぶた》を閉じる。

けれども抱きつき庇うアズの身体から、衝撃は感じられなかった。

何が起こったのかと目を開けると、アズの鼻先で止まった剣に黒い蔓《つる》が絡みついていた。

「なんだ？」

床を伝って現れた蔓《つる》が、アズを刃から守ってくれていた。

その蔓《つる》を辿ると、テラス窓に続いている。

「使役人形、さん？」

使役人形の手足だった蔓《つる》が崩れ、アズを守るために蔓《つる》を目一杯伸ばしている。見ているうちにも十体の人形たちが形を失いながら、私たちの周りに集まっていた。

「いったい誰だ、こんな魔法聞いたことがない！」

リヒトが剣に絡まった蔓《つる》を振り払おうとするのだけれど、新たに集まった蔓《つる》が次々と絡まるために、払いきれない。それどころか彼の腕、足、首にまで絡みつく。

その間にリヒトと距離を取ろうと、残りの使役人形さんと協力してアズを移動させる。

せめて足の枷《かせ》を外せたらと思うけれども、どうにもならない。そうこうしている内に、リヒトが蔓《つる》を切り刻み、私の腕を取る。

「大人しく俺と来い、花純」

抵抗する間もなく腕を引かれてバランスを崩した拍子に、脇から腕を回されて抱きかかえられた。でもそうされたことで、リヒトとアズを引き離すことにもなった。

「お願い、アズを傷つけないでリヒト。あなたの言う通りにするから」

本心からそう言っていた。

魔物討伐中のリヒトならば、アズを見逃すとは思えないけれど、目的が私ならば猶予をもらえるかもしれない。この場を乗り切りさえすれば、きっとレヴィがなんとかしてくれる。

「……最初から素直になればいいんだ」

相変わらず腰に手を回されたままだが、リヒトはそっと床に足をつけさせてくれた。そしてさっきまでの冷たい表情から一転、彼らしい柔らかな微笑みを私に向ける。

「チコル村にいないから焦ったんだぞ、花純」

「う、うん……あそこじゃ働き口すらないし。それよりどうして今さら私を？」

その変わりようがかえって怖くなり、彼に話を合わせるしかなかった。

「花純の力が必要なんだ。やっぱり俺は花純がいないとダメらしい」

……はあ？

リヒトは悪びれる様子もなく、そう言った。

近づいて話しかける仕草も、まるで二、三日離れていただけのように、以前のままだ。あの二ヵ月前の別れは、何だったのか。

「誤解されるような言い方はやめて。用があるなら聞くわ。でも私はもうあなたの仲間じゃないの。忘れないで」

「しばらく会わないうちに、逞《たくま》しくなったな。でも安心しろ、花純。あの時は離れるしかなかったが、ようやく俺が花純を守ってやれる。この世界で花純を一番理解してあげられるのは、俺だ」

以前だったら、リヒトのこの甘い言葉に頬を染めていただろう。右も左もわからない異世界人とはいえ、本当に恋は盲目だ。

でも今は違う。リヒトには関係のない場所で、リヒトとは違う人たちと出会い、成長し、変わることができた。

「リヒト、私ね……」

正直な気持ちを口にしようとした時だった。崩れかけた使役人形たちがアズをゆっくり引きずっていき、リヒトから守るように蠢《うごめ》いていた。その人形たちが、一斉に炎を上げる。

業火は瞬《また》く間に蔓《つる》を消し炭にし、ぱらぱらと床に落ちていく。

「アズ、使役人形さん……どうして」

キッと非難めいた目で見上げると、リヒトはテラスに目を向けていた。

「どうした、侵入者か？」

「あらかじめ張っておいた結界をこじ開けようとする者がいたので、排除した」

テラスから入ってきたのは、リヒトの仲間の魔法使い、サヴィエだった。

そして彼の足元に蹲《うずくま》る影は――レヴィだ。しかし、その金の髪は血と泥に染まっている。傷を負っているのかうめき声をあげているのに、サヴィエにさらに彼を蹴った。

どこからかベルが飛び込んできて悲愴な声で鳴きながら寄り添う。

「レ、レヴィ!!」

ベルの尋常ではない声が、彼の怪我の具合を悲観させる。

駆け寄ろうとしたけれど、私の身体はリヒトに拘束されていて一歩も近づけない。

「レヴィ、レヴィ！　離してリヒト！」

床に倒れたレヴィは顔を歪《ゆが》めながらも、私を見てくれた。

よかった、意識はある。でも彼の身体は擦り傷だらけで、額にはいく筋も血が流れた跡がある。

どうして彼がこんな目に……

暴れる私を抱き込むリヒトの腕を、思い切り噛む。

一瞬ひるんだリヒトの腕から、肩をすくめてすり抜けた。

「レヴィ、しっかりして、すぐ手当を……」

彼に手を伸ばし、駆け寄ろうとしたところで、ガクリと全身の力が抜ける。

自分では身体を支えていることができず、まるで糸の切れた操《あやつ》り人形のように倒れ込む。けれども床につく寸前、再び脇から回された腕に、すくい上げられた。


……リヒト？

あなたが私に、何かしたの？

そう聞きたいのに、意識が朦朧《もうろう》としてきて、声が出せない。

スローモーションのごとく流れる景色のなかで、蒼白になったレヴィと、アズの姿を追った。

けれどもどんどん視界が暗くなり、最後に残った聴覚が、ベルの声とサヴィエの怒声を拾う。

誰か、レヴィを助けて。そう願いながら、私の意識は、深い闇の中に落ちていった。


眩しさに目を覚ますと、私はふかふかの寝台の、柔らかなシーツの中だった。

眠気というより、ぼうっとして働かない頭を使ってここはどこかと考えてみる。

周囲を見渡すと、柔らかく光沢のある白い布は寝台だけではない。壁や天井にも布が張られている。そこを透かして降り注ぐ光は、おそらく太陽だ。もしかしたらここはテントの中だろうか。

私は重く感じる全身に力をこめて、ようやく起き上がった。

「……っ」

頭が痛い。でもそのおかげで記憶が呼び起こされた。

そうだ、植物園にリヒトがやってきて、アズを傷つけレヴィまで……

「帰らなきゃ」

ふらつきながら寝台から降りると、足に力が入らず転んでしまう。

幸いにも敷いてあった上質な絨毯のおかげで、尻餅をついただけで済んだのだけれども。

「お目覚めになられましたか？」

見知らぬ女性が、白い布をめくり、入ってきた。

その人は花をあしらった大きな髪飾りをつけ、きらびやかな糸で花柄の刺繍《ししゅう》がふんだんに施された民族衣装のようなものに身を包んでいた。神秘的な姿が印象的な、とても美しい人だ。

その人が私のそばにやってきて、膝を折り身を屈める間、イヤリングや首飾りのシャラシャラと鳴る音が響く。

そして呆気にとられている私に、彼女はにっこりと笑いかけた。

「お怪我は？」

「え？　は！　はい大丈夫……痛《い》ったい」

情けないことに、自分の大声が頭に響いた。

すると女性は私の手を取り支えてくれる。

女性の助けを借りながら立ち上がり、寝台の縁に座ると、頭痛はすぐに治まった。

「魔法の力で強引に眠らされたために、負担があったようですね。身じろぎもせず深く眠っていましたから、身体が痺れたでしょう」

言われてみればたしかに、痺れた時のように力が入らなかった。

妙に納得していると、女性はシャランと音を鳴らしながら、水を差し出してきた。

「どうぞ。毒など入ってはおりませんから、安心してください」

長い袖から伸びた細い腕には、幾つもの細いブレスレットがあり、彼女が微《かす》かに動くだけでも、揺れて音がする。

私はカップを受け取り、飲み干す。そしてお代わりまでもらう。

「あなたは誰ですか、そしてここはどこでしょう」

二杯目を飲み干して、ようやく私は女性に尋ねる。

女性は水差しを置くと、改めて私に向き合い、レースのスカートの裾をつまんでお辞儀をした。

「私の名はシャマーラ。お会いできる日を楽しみにしておりました、花純さま」

花純、さま⁉

びっくりしている間にも、女性――シャマーラさんは続ける。

「ここは、カーコフの街より街道を南に逸れて魔の森に入った先の、とある祠《ほこら》のある洞窟。そのそばに作られた、聖協会が設営した宿営地です」

流れるように紡《つむ》がれる言葉を追いながら、情報を整理する。

「ええと、魔の森？　ここが？」

「はい、そうです」

でも魔の森の中に、こんな日差しが降り注ぐほど開けた場所があったとは。

「驚くのも無理はないと思います。聖教会が古くから魔の森を調べて、いくつかの安全地域を確保してきたことは、公《おおやけ》になっていませんから」

「安全地帯？」

「はい。恒常的な結界を張り、邪悪な魔力の影響を受けぬ宿営地です。今はここを拠点に、魔物の討伐が行われています」

大々的な討伐作戦が計画されているっていう噂は、本当だったんだ……

「で、でもシャマーラさん、そんな場所になぜ私が連れてこられたんでしょう？　リヒトたちにも邪魔だって言われたほど、私には戦闘力なんて欠片もありません」

シャマーラさんは、少しだけ顔を傾け、困ったように眉を下げた。

「まさか意識を奪ってまで、さらってくるとは思いませんでした」

その言葉を聞いて、彼女が何者かはわからないけれど、リヒトよりは話が通じる人なんだと思えた。

「私は植物園に帰りたいんです。リヒトたちが乱暴した植物園の主は、魔物の被害にあった人々に新しい苗を配るような優しい人です。彼が心配なんです、帰らせてください」

「それはできません」

「なぜですか！」

あまりに即答だったので、期待していただけに心が折れそうになる。

けれども、それ以上に理解しがたい言葉を彼女は口にした。

「神託が下ったのです。あなたが、植村花純という異世界からやってきた女性が、魔王との戦いの鍵になると」

「し……神託？」

いやちょっと待って。何そのゲーム感まる出しの急展開。

異世界にトリップしてはや八ヵ月。それはもう、色々ありました。気づいたら魔物に襲われて、助けてくれたリヒトに恋をしたと思ったら、役立たずと放り出され……。ようやく安住の地を得て、これまでのことを吹っ切って、もふもふたちとレヴィと平穏に暮らしていた私に、今さらそれを言うの？

「さっきも言った通り、私には残念なことに魔物を討伐できる能力なんてありません。何かの間違いでしょうから、失礼のないうちに帰らせてもらいますね」

私はそう告げて立ち上がる。

レヴィとアズが心配だもの。一刻も早く彼らの無事をこの目で確認したい。

「花純さま、お待ちになってください」

シャマーラさんを振りきって、裸足《はだし》のまま彼女が入ってきたカーテンをめくる。

けれどもそこには、大きな白い鎧を纏《まと》った兵士が二人も仁王立ちしていて、足を止めるしかなかった。

兵士の向こうには、私が居たのと同じ白い布で覆われた部屋があった。でもその先には開け放たれた出入り口が見え、そこから広い木造の通路が続き、微《かす》かだけれど複数の人の声が聞こえる。

「花純さま、お願いです。戻ってください」

諦めきれずに鎧の人たちをすり抜けようとする私に、シャマーラさんがそう声をかけた。

するとそれまでぴくりとも動かずに立っていた鎧の二人が、私の腕を掴んで部屋の中に押し込む。

「わ、ちょっと」

「怪我をさせてはなりません」

シャマーラさんがそう言うと、私を掴む手が緩み、でもしっかりと拘束したまま、二人がかりで私を抱えて、もといた寝台の縁に運んで座らせてしまった。

そしてシャマーラさんに一礼して、鎧の二人は再び布の外に出ていく。でもきっと同じ位置で待機しているに違いない。

「ごめんなさいね、乱暴したくはなかったのですが……もう少し、事情を説明させていただきたくて」

すまなそうな顔をして、シャマーラさんは私のそばに椅子を寄せて座る。

鎧の兵士の態度から、彼女がとても偉い人物なのではないかと考え、少しだけ話を聞くことにした。彼女に私のことを理解してもらえれば、無事に帰してもらえるかもしれない。

そう思って頷《うなず》くと、シャマーラさんがホッとしたような顔で微笑んだ。

「まず、謝らせてください。迎えのリヒトが乱暴をして、申し訳ありませんでした」

「私はいいの、それより植物園にいた私の友人たちが怪我をしていたはずです。彼らが無事かどうかを知りたい」

「安心してください。植物園の者たちは無事です」

「……ほんとう？」

私はシャマーラさんをじっと見返す。

嘘をついているとは思えないけれど、どうやってあの時のリヒトとサヴィエの殺気が収まったのだろうか。

「本当です。彼らは少しやり過ぎました。後から駆けつけた聖教会の者が、二人を止めました。ただ、怪我の手当は向こうから断られてしまったようですが……」

「じゃあ、本当に無事なんですね！」

「はい、しっかりと受け答えもしていたそうなので、大丈夫だと兵士たちが判断したようです。ここに花純さまをお連れすることも、伝えておいたはずです」

本当にすまなそうに言うシャマーラさんが、嘘を言っているようにも見えず、私はとりあえず納得することにした。それにレヴィに何かあれば、きっとニルヘム村の人たちだって黙ってはいないだろう。

「……わかりました。それならひとまず、お話をうかがいます」

「ありがとう、花純さま」

「でもあの、その『花純さま』ってのは、ちょっと……それにあなたは、聖教会のとても偉い人ですよね？　普通に呼んでください」

さま付けなんて、なんだか居心地が悪くて、違う意味で逃げ出したくなる。

そもそも、目の前にいるこのきらびやかな女性は、いったい何者なんだろう。

そんな疑問が伝わったのか、シャマーラさんは装飾品を鳴らしながら姿勢を正し、右手を自分の胸にあてて言った。

「私は、首都にある聖教会本院で筆頭巫女をしております、シャマーラ・ソロキンです。あなたについての神託を受けたのが、私なのです」

私は驚きのあまり言葉を失う。

この世界では……ううん、少なくともこの国で聖教会の神託の巫女といえば、教皇にも並ぶ尊敬と敬愛の対象だと聞いている。巫女は多数いれど、真実神託といえる神の言葉を聞けるのは、ただ一人だとも。

それが、目の前にいるシャマーラさん？

「驚かせて申し訳ありません。ですが私たちはずっとあなたを探していました。探し出すまでに八カ月もかかり、遅すぎたのは否めません。すべては私の責任です」

「ちょ、ちょっと待ってください、シャマーラさ……さま」

「どうぞ、私のことはシャマーラと、およびください」

「できませんってば。すみません、許してください」

「ではせめて今まで通りに」

にっこりと微笑むその優雅さにかえって迫力を感じて、私は屈するしかない。

「……わかりました、シャマーラさん」

「はい」

とにかく、気を取り直して事情を聞くことにした。

「魔物を討伐し人間の平和を保つための鍵として、あなたの存在を一年ほど前に神託で授けられました。神託といっても、実はとてもおぼろげなものなのです。最初に受け取ったのは、異界から見知らぬ女性が現れるということ。次いで受け取ったのは、その女性が転々と場所を移動していること」

「もしかしてそれって、リヒトにすぐ拾われて、旅をしていた時のことですか？」

「ええ、後からそれがわかりました」

どういうことか考えていると、シャマーラさんは苦笑いを浮かべながら付け加えた。

「聖教会として通達はしっかり出しておりました。異界からの客人を見つけたら、知らせるようにと。でも彼はあえて報告をしなかったようですね」

「そうなんですか？　いったいどうして……」

シャマーラさんは小さく首を横に振る。

「私どもとしても手をこまねいているわけにはいかず、捜索の手を広げることになりました。新たな手がかりを神に請うたのです。すると神託で花のイメージを受け取りました。そして私はここでようやく、確信できたのです。きっとこの異界からの客人が、この世界を救ってくださると」

「ちょっと待ってください、確信って……」

異世界からきて、そして花を咲かせる能力を持つ。そりゃあ、私だろうなとは思わなくはないけれど。でもどうして、世界を救うとかって話になるの？

「花純さまは、想い花をご存知ですね？」

ドキリとして、私はすぐに返事ができなかった。

それをシャマーラさんがどう受け取ったのかわからないけれど、聞き返すことなく話を続ける。

「かなり古い人物ではありますが、想い花と魔物について書物をしたためた人物がいます。アートゥロ・サウロスという名です。知っていますか？」

「アートゥロ・サウロス……サウロス植物園の、創始者？」

「やはりご存知でしたね。そうです、彼が生きていたのはかれこれ百年以上前のことなのですが」

「百年？」

「はい、それくらい前の人物です」

てっきり最近の人なのかと思っていた。

レヴィが植物園を買い取って手を入れはじめたのが三年くらい前だって言っていたから、それまでずいぶんと長く放置されていたことになる。

「彼の主張は、何気なく咲いている想い花が、魔物を生み出すのを防ぎ、人の世界を守っているというものでした。当時は当たり前にある花が、そのような効果を持っているなんてと取りあってももらえなかったそうです。そのため彼の死後、研究のために作られた植物園は打ち捨てられ、彼の研究成果とともに忘れ去られました。ただ一ヵ所、聖教会を除いては」

聖教会を除いて？　じゃあ……

「聖教会は、知っていたんですか？　花に魔物から人々を守る力があるって……」

「一縷《いちる》の望みをかけて、花を咲かそうと試みました。でもどうしてもダメだったんです」

「そんなことはずないです。ニルヘム村には、かつて想い花が咲くのを見た人がいました。結婚式とか、そういう祝いの時に。村長さんの子供の頃にはもうほとんど見なくなったって言ってましたけど、そのお祖母さんの時代には、それこそ雑草かっていうくらいどこにでも咲いていて……」

「花が咲くよりも、人の心を闇が覆っていくほうがはるかに速く、手の施しようがなくなってしまったのです」

「そんな……」

「魔物が増えると瘴気も増し、人々の心に闇が生まれます。人が抱く醜い感情を糧《かて》に、魔物はさらに増えていくばかり。諍《いさか》い、嫉妬、欲など……もはやどちらが原因でどちらが結果なのかは区別さえつかず……」

村人たちが植物園にやってきて、取り囲まれた時の混乱を思い出す。

もしあのまま事態が収拾できなかったら、ヒイロたちやアズ、ベルは魔性を取り戻していたかもしれないんだ……

「人々の心の闇を取り込んで、人々を絶望に陥《おとしい》れる最大の魔物が、魔王と呼ばれる死の山の主なのです。花純さま、魔王の姿を知っていますか」

私は首を横に振る。

「黒い巨大な蛇だそうです。山の地下に広がる無数の洞穴を伝い移動しては、死臭をばらまき、人だけでなく草木を枯らす。醜く、人々の美しい想いに嫉妬する、古い神の成れの果てとも言われています。魔王の力が増大し、人々の心は花を咲かせる力を失っています。その絶大な魔王の力さえ削げれば、あとは人々の力で押し返すこともできましょう。そのために、想い花を自在に咲かせられる花純さまの御力が必要なのです」

何やら本気で大ごとになってきたかも。

まさか私の力に、そんな効果があるとは思えないのだけれど……というか、自在に咲かせられませんから！

それこそ先日のアレは、レヴィがいたからで……

「だからリヒトからあなたが想い花を咲かせたという話を聞いて、天にも昇る気持ちでしたの。ああ、神はすばらしい采配をなさったのだと。私どもの捜索が間に合わなかったのも、きっとあなたたち二人が出会うための、必然だったのですね」

……え？

私は満面の笑みを浮かべるシャマーラさんの言葉を反芻《はんすう》する。

私と、リヒトで、想い花……？

「そ、そういえば！」

言われてみれば、何度かリヒトと一緒にいた時にも、咲かせたんだった。

うん、リヒトはほとんど初恋も同然だったし。ドキドキした拍子に、リヒトの頭に咲かせて怒られたっけ……って、まさかシャマーラさんが言ってるのって、そっちのこと?

色々と勘違いもあるようだけれど、なんだか話が繋がってきた。

つまり私の咲かせる想い花が、魔王討伐に役立つ……つまり、魔王にとっての想い花って、アズにとってのシロツメクサもどきみたいなものって考えたらいいのかな?

だから想い花を咲かせるために、リヒトが依頼されて私を迎えに来た。

それでリヒトは、あんなに不機嫌だったんだ。私なんかに甘い言葉を口にしないと、彼のそれこそ血の滲《にじ》むような努力が、報われないから。

『花純の力が必要なんだ。やっぱり俺は花純がいないとダメらしい』

心にもないことを言わせられたんだと思うと、憤《いきどお》りよりもむしろ同情する。

それほど切羽詰まっているのだろう。それならなおさら、正直に言わないと。

「あの、想い花については、誤解なんです」

「……誤解?」

「はい、ええと、リヒトと居ても、たぶん花は咲かないと思います……っていうか、想い花だけは自在に咲かせられなくて」

「……どういうことですか?」

「ええと、もう二ヵ月以上前に、リヒトとは別れているんです。それに、そもそも彼と私は、特別な関係なんかじゃありません。想い花らしきものだって、ほんの数輪咲いただけで」

「そう……なんですか？」

うう、あからさまにがっかりしているのがわかる。

「も、もちろん協力したいのは、やまやまなんですけど」

つい、そんな人がいいことを、口走ってしまった。

縋《すが》るように私を見つめるシャマーラさん。彼女の真剣な眼差しに、私はどう返せばいいのかわからなくなる。

「想い花は、心をそのままに映し取った花だと聞きます。ゆえに花純さまに無理強いはできないと、私は思っています。ですが……」

シャマーラさんは言葉を濁し、ためらいがちに、白い薄布の向こうをちらりと見る。彼女が意識したのは、決して居並ぶ鎧の二人ではなくて、ずっとその向こう……私がまだ知らない、大きな聖教会《そんざい》があるのだろう。

「花純さま、想い花は触れた心の形によって、いくつかの種類に分かれると言われています」

「種類？」

そういえば、レヴィもたしか言っていた。チコル村で咲いたあの黄色い花も『想い花』だって。

「はい、白は純粋な信仰、黄色は友愛、紫は慈愛などと伝え聞いています。どの色でもいいのです、私どもに花純さまが心を開いていただけるよう、ここで誠心誠意お世話をさせてください。そうすればきっと、何もかも良い方向に回りはじめると信じています」

もちろん、魔物をどうにかしないと、人々が希望も何も見いだせなくなっているのは私にもわかる。でも私は彼女たちの期待に、応えられるだろうか。レヴィのいない、ここで。

「あ、あの……わたし」

言いかけたところで、シャマーラさんが急に白い布に覆われた入口を振り返る。

「どうしました？」

シャマーラさんが呼びかけると、その白い布が大きくめくられた向こうから、太い鎧の腕を押しのけるようにリヒトが入ってきた。

「失礼する。花純が目を覚ましたと聞いたので」

そう言ってシャマーラさんに一礼するリヒト。

相変わらずその動きは無駄がなく優雅で、つい見とれてしまう。けれども彼の額と腕には白い包帯が巻かれ、痛々しい。どうしたのだろう。

動揺する私に視線を向けながら、リヒトは続けた。

「花純と話がしたい。少しのあいだ借りてもよろしいですか」

「これから祈りの時間ですので、私は外さねばならないところでした。花純さまさえよければ、リヒト、あなたがこの宿営地を案内してあげてください」

私を窺《うかが》うシャマーラさんに、了承の意味をこめて頷《うなず》く。私も彼に聞きたいことがある。

「良かった。まだ花純さまのことは、一部の者たちにしか知らせておりません。宿営地のなかでは安心してご自由にお過ごしください。困ったことがあれば、私の名を出してくだされば、面倒はないでしょう。では頼みましたよ、リヒト」

リヒトはシャマーラさんに短く「わかった」とだけ答え、私に左手を差し出す。

言葉は少ないけれど、こういう紳士なところは、変わらない。そんなことを考えながら、私は彼の手を取った。


白で統一されたシャマーラさんの部屋を出ると、景色が一変した。宿営地というだけあり、堅牢で素朴な造りの建物で、そこかしこに武装した冒険者たちや国から派遣された兵士、それから部屋の前で立っていた人たちと同じ鎧を着た人とすれ違う。彼らは聖教会所属の僧兵なのだという。

古い砦のような場所らしく、冷たい石壁の構造のなか、要所要所に布張りのテント風小部屋が設置され、人が出入りしている。真っ白の布のテントはどうやらシャマーラさん限定のようで、他では見かけない。

リヒトの後について歩き、たどり着いたのは見張り塔を上がった屋上だった。広くはないけれど、森の中にぽっかりと穴があいたような宿営地の全貌と、四方に茂る森と死の山の山頂が見渡せる。

森からは、獣のような魔物の咆哮が聞こえた。

「あの、リヒト？」

同じように景色に目を向けていたリヒトが、思い出したように私を振り返る。

リヒトの顔に、昨日会った時のような険しさはなかった。

「ええと、みんなは元気？　サヴィエは会ったけど、リカルドとアリエルはどうしてる？」

別れ方は残念な形だったけれど、とても優秀で素晴らしい冒険者だった仲間たち。彼らが無事なことは疑っていなかった。

けれどもリヒトの口は重く――

「どうしたの？　二人に何かあったの？」

まさか怪我をしたとか？

急に不安になり、リヒトの言葉を待つ。だけど彼からの返答は、予想外のものだった。

「二人とは別れた」

「……別れたって、パーティを解消、とかじゃないよね？」

リヒトはサヴィエより、むしろリカルドやアリエルのほうを信頼していた。特にアリエルは、リヒトをとても尊敬していて……

「今はサヴィエと二人だけで行動している」

「二人だけって……」

戦闘のサポートも回復もできないまま、魔物を仕留めなければならない。それがどんなに危険なことかわかるけれども、どちらもできない私にそれを言う資格はない。

「離れた理由は意見の相違……いや、足手まといだと判断したからだ」

リヒトのその言葉に、耳を疑う。

花を咲かせるくらいしか能がない私と違い、リカルドとアリエルが足手まといだなんてありえない。そりゃあリヒトほどじゃないけれど、リカルドは弓使いとして引く手あまただったそうだし、アリエルほどの回復魔法の使い手は、聖教会の僧侶くらいなものだって、そう教えてくれたのはリヒトじゃないの。

「あいつらは、自分からついて行けないと逃げ出したんだ。魔王の祠《ほこら》を一つずつ潰していく過程で奴が現れて……」

言葉を切り、考えを巡らせている様子のリヒトを見ていると、よほどのことがあったのだろう。

「黒い、底のない井戸のような暗い色の鱗《うろこ》をもった、巨大な蛇だった。俺たちはそこで、攻撃を受けて心を乱され、見たくもない己の闇に突き落とされた」

「まさか……魔王？」

そうだ。そう小さく呟いて、リヒトが頷《うなず》いた。

「混乱する俺たちを助けたのは、聖教会の巫女シャマーラが遣わした騎士だった。彼らは特殊な鎧の力で、魔王の精神攻撃を防ぐことができる」

きっと、シャマーラさんの部屋を守っていた、あの鎧兵士たちのことだろう。

「そのあと、二人は恐怖にかられ、戦うことを恐れるようになり、使えないから追放した」

「そんな言い方って……！」

彼はパーティのリーダーとして、いつも口癖のように『俺が守る』と言っていた。無謀な作戦の時も、彼が言葉通り身を挺《てい》して仲間のために盾となってくれる人だからこそ、信じてついてきたはず。なんだかおかしいよ、リヒト。

「戦うつもりがないのに、共にいても死ぬだけだ。守り切れないのは、もうたくさんだ」

どこか投げやりな言葉。そうか、これはリヒトなりの悔恨なのかもしれない。

パーティを守りきれなかった己を責めている？

「もしかして、私の時も守るために、追放したの……？」

「そうだ。勇者とならなければ、新たな力を得られない。あの時の俺では、どうあがいても花純を守れない。だから後から迎えに行くつもりだった」

「嘘よ！　ならどうしてあんな酷い別れ方を……、信じられないよ」

役立たずだと捨てられた。

リヒトは唇を引き結び、言い訳を口にしない。その顔は苦悩にゆがみ、関節が浮き出るほどに握られた手に、私は小さく息を吐いた。

真実がどうだろうと、出した言葉は戻せない。

ただ……無力のまま両親や生まれ故郷を魔物に奪われたリヒトにとって、守れないということがどれほどつらいことか、私は本当にはわかってなかったのかもしれない。

「花純のことが好きだった、守れるものならこの手で守りたかった。だが同時に、花純がもつ潜在魔力に嫉妬していて、そういう己の醜さから逃げたんだ。魔王が、今も俺を嗤《わら》っている気がして、おかしくなりそうだった」

「だから、私のことを聖教会に知らせなかったの？」

リヒトが、ビクリと身体を震わせた。

彼の心にあった、ほんの少しの闇が肥大化していたのは、魔王と接触するよりもずっと前だったのかもしれない。誰よりも魔物を倒したリヒトは、誰よりも魔物と接していた。

「責めているわけじゃないよ、当時の私はリヒトと離れたくなかったもの」

それにあの追放があったから、レヴィに出会えた。

「ならばもう一度、やり直させてくれ花純。花純は選ばれた存在で、俺もまた勇者の称号を得た。今度こそ守れる、だから俺のそばに」

私に手を伸ばすリヒト。

けれども、私は一歩下がり、首を振った。

「どうしてだ!?」

「協力しないとは言わないよ？　私にどれほどのことができるかはわからないけれど、この世界や、この国の人を嫌いじゃないもの。だからといって、あなたの手を取るのは違う。あなたのそばでは、私はもう想い花を咲かせられない」

リヒトは傷が痛むのか顔を歪《ゆが》め、差し出していた手で、包帯の巻かれた頭を押さえる。

「国を救うなら、同じことだろう、俺とともに魔王を!!」

もう一度私に歩み寄り、手を差し出そうとするが、今度は左腕を抑えながらうめき声を上げる。

「リヒト大丈夫？　傷が痛むの……きゃ！」

慌てて駆け寄り、彼の包帯に触れると、驚いて悲鳴を上げてしまった。

彼の腕に巻かれた包帯の内側で、何かが動いたのだ。

「な、何これ、大丈夫なのリヒト？」

「は、離れろ花純」

私を突き飛ばしたリヒトが、さらに苦しそうに頭をかきむしる。

すると包帯が解け、彼の額が露わになった。そこには傷ではなく、根を張るように伸びる黒い蔓《つる》が動いていた。

「くそっ！」

リヒトは蠢《うごめ》く蔓《つる》を振り払おうとしたが、掴んだ手にもすぐに伸びた枝が絡まり、一向に排除できない。同時に腕の包帯の下からも新たな蔓《つる》が伸びはじめ、リヒトは焦ったようにさらにもがく。けれども新たな蔓《つる》はリヒトを拘束するのではなく、枝を伸ばしてその先に大きな塊《かたまり》を作る。ギギギと音を立てながら蔓《つる》が絡み合い、リヒトから新たな腕が伸びたかのような太さになり、その先で三本に分かれる。あっという間に頭と手が形成され、蔓《つる》から得体の知れない生き物へと変貌する。

そして自らリヒトと繋がる部分を引きちぎり、その蔓《つる》の塊《かたまり》は私とリヒトとの間に立ちふさがった。

それは見覚えのある姿で、私の口から自然とこぼれる。

「……使役人形、さん？」

その小さな呟きに応えるかのごとく、蔓《つる》でできた小人サイズの使役人形が、こちらを見上げる。

間違いない、レヴィの使役人形だ。

すると使役人形は両手を広げて私のほうへ……歩み寄るつもりだったのだろうけれど、何故か足が反対向きに動き、バランスを崩して転がってしまう。

びっくりしている私の前で、人形は慌てて立ち上がり、ぐるりと身体を捻って足と身体のゆがみを戻す。

このぎこちない動きって。

「もしかして……九番さん？」

蔓《つる》を編んだだけの目も鼻も口すらない顔が、笑って「うん」と答えてくれたような気がした。

「私を、迎えにきてくれたの？」

そう尋ねると、九番さんは私に小さな手を差し出す。今はここにいない彼の主人、レヴィの仕草を思い出し、鼻の奥が、つんとした。

湧き上がりそうになる涙をこらえながら、彼の手を取ろうとする。

「待て、やめろ花純！　くそ、その汚い手を引け、魔物め」

リヒトの怒声に、私はビクリと身体を震わせ、伸ばしかけた手を引っ込めてしまった。

同時にリヒトは、炎の魔法を使って己の身体に残っていた蔓《つる》を焼く。自ら炎にまかれながら、焦げた蔓《つる》を払い除けると、剣に手をかける。

私はとっさに九番さんを庇おうとするも間に合わず――

目の前で使役人形は二つに裂け、千切れた手足が、私の足元に崩れ落ちる。

「いやぁっ、九番さん！」

慌てて九番さんを拾いあげようと掴むが、蔓《つる》ははらはらと粉々になって指の間をすり抜けていく。

「そんな……」

仕事を終えて動かなくなった時だって、こんな風に崩れたりしなかった。

ただの枯れ木屑になってしまったんだ。そう思ったら、とめどなく涙がこぼれた。

使役人形に意志はないってわかってる。命を持っているわけでもない。だけど……これまで植物園で過ごした時間は、彼らと共に働いた時間でもあって。

「花純、戻るぞ」

呆然と座り込み涙を流す私の腕を、リヒトが掴んで引き上げた。

見上げるリヒトの額、髪、腕、いたるところに焦げた煤《すす》が残っている。赤くミミズ腫《ば》れのような部分もあり、恐らく火傷《やけど》だろう。かなり強引に魔法を使ったのだ。

リヒトは私の視線の意味を悟ったのか、左手で顔の煤《すす》をぬぐい、再び真剣な面持ちで繰り返した。

「戻ろう。シャマーラのところは、最も厳重な警備が敷かれている」

そう言って私の手を取り、走り出そうとするリヒト。

でも彼の動きについていけない私は、足がもつれて転びそうになる。そんな私を抱えるように腰に手を回し、リヒトは階段に向かおうとする。

「待って、リヒト、私は……」

抵抗しようとしたところで、私たちは周囲が騒がしいことに気づく。

塔の周囲を警備している兵士たちの声だった。リヒトは私を抱えたまま、塔の縁から下を覗く。

すると武器を持った兵士や冒険者たちが、何かを追いかけているのが見えた。

「魔物の襲撃？　ばかな、ここは聖教会最強の結界があるんだぞ」

リヒトの腕に緊張が走るのが、回された腕から伝わる。

そんななか、兵士たちが魔物らしき影の一つを追い詰めたようで、そこでようやく私の目にも魔物の姿が見えた。

灰色の毛に覆われた、人よりも一回り大きな獣。狼のような四つ足で……

まさかと、私は息をのむ。

すると同じくらいの獣がもう二頭、追い詰められた仲間を庇うように、そこに現れた。二頭が最初の一頭をかばう姿に、私は確信してしまう。

「ヒイロ、アオ、ミツ？」

小さく呟いただけの声がまるで届いたかのように、三頭が一斉にこちらを見上げた。

大きな口に鋭い牙。凍るような冷たい瞳だけれども、間違いなく彼らだ。

今すぐ彼らのもとへ行きたい、そう思った。

それは三頭も同じだったのだろう。囲まれていた人垣を飛び越え、驚くような速さで宿舎の木造の屋根に飛び乗る。そして屋根を伝って走り、その勢いのまま絶壁の塔の壁を登りきったのだ。

正面にヒイロ、右手にミツ、左にはアオ。

見上げるほどに大きく成長し……ううん、魔物に戻ってしまった彼らが、私とリヒトを取り囲む。

「……くそっ、どうやって結界を破ったんだ」

苦々しく吐き捨てると同時にリヒトは私を抱えたまま、剣をかまえて後ずさった。

アオはそんなリヒトに向かって唸り声をあげて威嚇《いかく》し、残るヒイロとミツは動くことはなかったが、毛を逆立てて私たちを目で追っている。

植物園での可愛らしい姿はもうどこにもない。あのまま植物園で穏やかな暮らしを続けていられれば、きっと今もまだ、愛らしい姿のままだったはずなのに。

そう思うと、使役人形九番さんの姿も重なり、色んな感情が胸に渦巻く。

「離して、リヒト」

「何を言っている、花純？」

リヒトの腕を押しのけるものの、当然だけどびくともしない。逃げ出そうとする私を、リヒトは今まで以上にきつく拘束した。

「彼らがあんな姿になってしまったのは、私のせいなの。私が、リヒトたちに会いたくなかったから、探してるってわかっていたのに逃げてた。穏便に済ます方法なんて、いくらでもあったはずなのに自分のことばかりで」

「花純、落ち着け。今は逃げることを考えろ」

私は思い切り頭を横に振る。

そして三頭に向かって、両手を伸ばした。

「ヒイロ、アオ、ミツ。帰ろう。こんなことになって、ごめんね」

一緒に帰ろう。植物園《うち》に帰れば、きっと元に戻してあげられるから。

三頭が私の声に呼応するかのように咆哮する。その音に重なって、声が聞こえた。

――花純。

「……レヴィ？　どこ？　どこにいるの、レヴィ!!」

空耳かと思うほどの、微《かす》かな呼びかけだった。私は声の聞こえた空を仰ぎ見る。

ほんの少し前まで晴天だったはずの空は、いつの間にか暗雲がたちこめていた。風が巻き上がるようにして空に吸い込まれ、竜巻のような渦ができたと思えば、暗い雲の合間に紅く光る何かが見える。真昼間の空に、夕焼けのごとく赤く染まった光は、どこか禍々《まがまが》しい。

「花純さま！」

「シャマーラさん？」

私たちのいる物見塔に、兵士を引き連れたシャマーラさんが駆けつけた。

そしてヒイロたちを見て、兵士たちが一斉に武器をかまえる。

「シャマーラ、花純を安全な場所へ！」

リヒトの声に、シャマーラさんは兵士の制止を振り切り、私たちのそばに走り寄る。そしてとぐろを巻くような暗い空を警戒しながら、私の腕を引いた。

「花純さま、ご無事のようで安心しました。このままでは結界が破られます、早く避難を」

「嫌です、私は彼らと戻りたい」

シャマーラさんの細い指を振り払おうとすると、リヒトに再び腕を掴まれてしまう。そして駆けつけてきた兵士に向かって、背を押された。

ふらつきながら振り返ると、身軽になったリヒトが、アオたちに剣を構えるところだった。

「待って、リヒト！　ダメよ、やめて！」

「花純、いいかげん正気になれ」

私に背中を向けたままそう言うと、リヒトは走り出す。

「さあ、花純さまこちらに！　早く！」

兵士たちに引きずられ、私はあっという間にその場から離されてしまう。

このままじゃ、あの子たちは……

次の勇者として名前が上がるリヒトの攻撃を、ヒイロたちが防ぎきれるとは思えない。

そして牙をむくアオに向けて、リヒトの黄金色に輝く剣が振り下ろされようとしていた。

「やめて、いやっ……助けてレヴィ!!」

彼の名を叫んだ時だった。頭上の垂れこめた雲から、割れんばかりの雷鳴が轟《とどろ》く。

そして驚き見上げる人々の前で雲が裂け、大きな赤い光が、空からまっすぐ降りてくる。

その赤い光は私たちの目の前まで迫ると、突如大きな羽となり左右に広がった。

幻想的な、光景だった。

炎を纏《まと》った羽を伸ばし、七色の尾が青や黄の火の粉をまき散らしながら揺れ、美しい巨鳥になる。

そしてつんざくような声《こえ》で啼《な》いた。

脳髄を痺れさせるような衝撃。居合わせた者たちはたまらず耳を押さえる。

私を拘束する手が離れ、チャンスとばかりに、赤く燃える巨大な鳥の足元に走り寄る。

「……ベル、レヴィ？」

フェニックスの姿に戻ったベルの背に、レヴィがいた。

「レヴィ、レヴィ！　無事だったのね！」

火の粉が舞い散るベルの羽ばたきのなか、私をまっすぐ見下ろすレヴィ。金の髪をゆらしながら、レヴィはベルの背から私に手を伸ばした。

「花純……花純、ようやく会えた。怪我はない？」

「大丈夫よ、レヴィこそ……心配したの」

あと数センチで、私たちの指が触れようとしたその時。

私の右頬に、白い指が触れた。

そしてまるで糸で引かれる人形のように、私は力を失い後ろに倒れる。そのなかで、黄金の光の残照が、目の前を横切った。

次の瞬間、金切り声が響き、赤い羽根をまき散らしながらベルが物見台の向こうに落ちてゆく。

剣を振り切ったリヒトの背、そして落ちてゆくベルとレヴィを追うミツの姿が目に入り、私はようやく何が起こっているのか理解した。

「いやあぁぁ!!」

半狂乱でレヴィたちを追いかけようとする私を、シャマーラさんの白く細い腕が羽交い締めにする。

「レヴィが……離して!!」

私と同じくらいの細さなのに、シャマーラさんの腕はびくともしない、どうして？

「落ち着いてください、花純さま。まだ何も、終わっておりません」

「え？」

シャマーラさんが耳元で告げる言葉に、戸惑いながらもレヴィたちが落ちたほうを見る。

すると塔の縁に黒い蔓《つる》が何本もまきつき、すごい勢いで壁を伝って登ってくる。意思を持っているかのように動く蔓《つる》に、周囲の兵士がざわめきはじめ、レヴィの蔓《つる》に向けて火矢の用意をした。

その様子に私は慌てて、シャマーラさんに懇願《こんがん》する。

「待って、シャマーラさん、止めさせて！」

「いい加減にしろ、花純！」

剣を構えたまま、リヒトが私を振り返る。

「サヴィエとシャマーラの力で作った、最強の結界の中に閉じ込めていたはずのあいつが、今ここにいる。それだけでもありえないんだ。さらに宿舎の結界を破って魔物とともに入り込んだ、そんな奴がただの人間だと思うのか！」

私は、そのリヒトの叫びに、言葉を詰まらせる。できることは、幼子のようにイヤイヤと小さく首を振るくらいで。

閉じ込めたって、どういうこと。

無事だって言っていたのは、嘘なの？

怖いくらい真剣なリヒトと、額に汗を滲《にじ》ませるシャマーラさんを、問い詰めたかった。

「……ごめんなさい、彼はとても危険だと判断されて」

シャマーラさんは私から視線を外す。

「危険なわけない、彼はみんなのために……花を」

「上位の魔物は、姿を偽り、悪知恵を働かせ人を陥《おとしい》れる。花純は騙《だま》されていたんだ。しっかり目をあけて見ろ、あの姿を」

リヒトに促《うなが》され、黒く蠢《うごめ》く蔓《つる》を見ると、そこには蔓《つる》とミツの力を借りて再び塔を上がるレヴィの姿があった。

その姿に、私は息をのむ。

彼の黒いシャツは袈裟《けさ》懸《が》けに裂け、そこから黒い血が流れている。皮膚には鱗《うろこ》がそこかしこに浮きあがり、彼らしい日焼けのない白い肌は見る影もない。

ううん、それだけじゃない。

漆黒の瞳はさらに深い闇色で、血のような赤い結膜に囲われている。蔓《つる》を握る節ばった指には長く鋭い爪。

そして彼を華やかに見せていた金の髪が、黒く染まっていく。

そんなレヴィの変わり果てた姿に、私は言葉を失った。

物見の塔を登りきったレヴィは、そこでようやく自分の姿の変化に気づいたかのように、節くれだった手を広げ、そして己の姿を見つめていた。

そして私に向けられた視線には、もう彼らしい柔らかな表情はなかった。

「……か、すみ」

しゃがれた声でレヴィが私を呼ぶ。私はそんな彼に手を伸ばそうとしたのだけれど、シャマーラさんの腕に遮《さえぎ》られる。

そしてリヒトが私たちの前に立ちはだかり、変わり果てたレヴィに吐き捨てるように言った。

「ようやく本性を現したか……」

リヒトはシャマーラさんにも、責めるような鋭い視線を送る。

「魔王は常に死の山に在り、外に出ないよう数多《あまた》の祠《ほこら》を建てて封印しているのではなかったのか、シャマーラ？」

シャマーラさんはその問いかけに、困惑しながらも言葉を返す。

「確かに、今もなお山の奥深くに強大な力を感じます」

「じゃあ、あいつはいったい何なんだ！　あの姿は！」

「わかりません、でも……今の彼からは、魔王と同じ気配がします」

シャマーラさんの口から出た「魔王」という言葉で、周囲の空気に緊張が走った。

たしかに、今のレヴィの姿は、魔王と言われてもおかしくないほど禍々《まがまが》しい。けれども彼が長い間、村々の人たちにしてきたことは、魔王という名とは真逆のことだ。

レヴィのすっかり黒く染まった長い髪は、嵐のような風に揺れて蛇のように見え、わかってはいても背筋が凍る。

レヴィはリヒトとシャマーラさんの会話など気にも留めず、ゆっくりと歩き出す。彼が進む先は、おそらく私――

そんなレヴィを牽制《けんせい》するために、周囲の兵士たちが弓を構えた。だが極度の緊張に耐えられなかったのだろうか、誰かが弦を弾いた。

放たれた矢はレヴィに真っすぐ向かい、彼に触れた瞬間、粉々になって落ちる。

それが戦いの火蓋を切る合図になり、矢が一斉にレヴィを襲った。

「や、やめて!!」

私の悲鳴が興奮した兵士たちに届くはずもなかった。

けれども無数の弓矢が全て落ちきる頃、辺りは前にも増してしんと静まり返っていた。

なぜなら、標的となったレヴィが、何事もなかったように変わらずそこに立っていたから。

それを見た兵士は、一人、また一人と逃げ出す。

残ったのは、私とリヒト、そしてシャマーラさん。それから後方には、見覚えのある鎧騎士が二人。目の前にはレヴィと彼を支えるようにそばに立つミツ、その両脇にアオとヒイロ。それだけだった。

「花純」

しゃがれてはいるけれど、間違いなくレヴィが私を呼ぶ声だ。彼が私に手を差し伸べている。

「レヴィ」

「だめだ花純、俺から離れるな」

私が応えるように伸ばした手を掴んだのは、レヴィではなくてリヒトだった。

私を呼んだはずのレヴィは、なぜかすぐに手を退《ひ》き戻してしまう。

――どうして?

黒い瞳に感情は読み取れないのに、優しく微笑みをたたえるいつものレヴィを思い出してしまう。

彼はどこか浮世離れしていて、それでいて私のことばかり思いやってくれて……

「花純は渡さない。おまえが魔王だというなら行く手間が省けた。ここで終わりにしてやる」

そう言うとリヒトは、私を左腕で引き寄せた。

「っ、な、何？」

慌てる私の顔を、リヒトはのぞき込むようにして言った。

「花を。なんでもいい、咲かせてくれ花純」

「え？　は、花？」

「そうだ、花純が咲かせる花が、魔王を滅し、俺たちに勝利をもたらしてくれる。シャマーラが告げた神託だ」

今、ここで？　しかもレヴィを滅ぼすために？

「そんなこと、できるわけないじゃない！」

目の前のリヒトの表情が険しくなる。

以前の私なら彼の態度にひるんで、どうしたら彼の機嫌を取ることができるだろうって、考えたかもしれない。

でも今は、絶対に嫌。

「花純、聞き分けてくれ。魔物を滅ぼさねば、平和は訪れないんだ……あとでいくらでも謝る。だからあいつを滅ぼすための花を、咲かせろ」

そう言うと、リヒトは私を両腕で抱き込む。

必死に抵抗しようとするけれども、彼の力に敵うはずもなく、身動きがとれない。

そうしているとリヒトの手が頬に触れ、気づけば上を向かされていて……

「やだっ、やめて」

リヒトの唇が下りてくる前に、私たちの周囲に再び轟音がとどろき、光に包まれた。

一瞬ののちに戻る視界のなか、立っていたのは私とリヒト、それからレヴィのみだった。

パリパリという音とともに、焦げたような臭いがたちこめ、雷が落ちたのだと悟る。

シャマーラさんたちは衝撃に当てられながらも、瞬時に結界を張り防いだようだ。すぐに動き出し、私はホッとする。

ヒイロたちもまた、雷ぐらいではびくともせず、すぐに頭を振りながら起き上がる。

ただ気になるのは、レヴィの様子だ。

一切の表情がなかったこれまでとは違い、苦しそうに顔を歪《ゆが》めていた。

「魔王の性質は、嫉妬。シャマーラからそう聞いている」

リヒトは花を諦めたのか、私をシャマーラさんたちのほうへ押しやり、再び剣を両手で持つ。

相変わらず苦しげなレヴィは、足元がふらついている。

もしかしたら、このままではレヴィが危ない？

目の前で、再びリヒトの剣が金色に輝く。

まさか、勇者だけが持つという魔物を滅する聖なる力？

レヴィを失う不安が、私に決断させた。

「ヒイロ、アオ、ミツ、おねがい」

三頭が私の小さな呟きを拾い、こちらを向いた。

うん、彼らは私のことを覚えてる。

「レヴィを、お願い」

リヒトが振りかぶる剣の輝きと、黒く染まった爪をふりかざすレヴィの姿を見ながら、私はまぶたを閉じた。

思い浮かべるのは、優しくて、愛おしいレヴィとの記憶。

咲かせるのは、レヴィのための想い花。決して彼を傷つけるものですか、私が咲かせるのは、彼を守る花。

ふいに、彼が花束を抱えて去る後ろ姿を思い出す。

だめ、今はそんなことを考える時じゃない。

私は頭を振り、渾身の魔力を放出する。

次の瞬間、吹き荒れる風に混ざって、花弁が触れ合うザアという音が耳に入り、頬を、身体を、痛いくらいに何かが触れては弾ける。

瞼《まぶた》を開けると、視界は薄ピンクの花嵐で埋め尽くされている……はずだった。

「う、そ……」

花は咲いていた。けれどもそれは想い花ではなく、森に茂る木々と、そこにつたう蔦《つた》、地に根を張る植物たち。それらの花が、一斉に咲いて風に舞う。

そんな、違う。私は想い花を……

たくさんの花々が舞うなか、ちらちらと舞う薄桃色の想い花が一輪、私のそばから真っ黒な髪をしたレヴィに向かう。

「レヴィ」

漆黒の瞳と目があう。

彼の鱗《うろこ》の生えた手が、その唯一の想い花を手にし、そして握りつぶした。

「ちがうの、レヴィ、これは」

咲かせられなかった。レヴィを想っていたのに、彼のための今この時に。

ふいにレヴィが踵《きびす》を返す。彼を支えるようにして、三頭が共に塔をジャンプした。

「待て、逃げるな魔王！」

吹き荒れる花弁の向こうで、リヒトが叫んだ。

「……逃げて、レヴィ」

森の向こうで微《かす》かに聞こえる遠吠えを聞きながら、私はそこで意識を失ったのだった。

第九章　ずっと一緒にいたい

私が目を覚ましたのは、またしても真っ白な布の張られた部屋の中だった。

今度は一人きりではなく、心配そうに私を覗き込むシャマーラさんがそばにいた。私が目を覚ましたことに気づいた彼女は、端整な顔を歪《ゆが》めながら「よかった」と何度も口にする。

そのシャマーラさんの助けを得て起き上がると、座ったままなのに眩暈《めまい》がする。

「少しずつでもいいので、召し上がってください」

シャマーラさんが差し出すスープを見て、そして美味しそうな匂いを嗅いだとたんに、私のお腹が盛大に鳴った。

そういえば、最初に連れてこられた時から、何も口にする暇がなかったのだった。

言われるままにスープに手をつけようとして、はたと気づく。

「あの、あれからどうなって……」

するとシャマーラさんは優しく微笑みながら、「大丈夫」と告げ、私の手にカップをそっと持たせてくれた。

「魔王……花純さまが知るところのレヴィと名乗る者は、取り逃がしました、残念ながら。だから今は安心して、お召し上がりください」

残念ながら。その言葉のわりにはさほど残念そうにも見えないシャマーラさんに頷《うなず》き返し、受け取ったスープを一口飲むが、それ以上は進まなかった。

「それだけでは、身体を壊しますよ」

レヴィを助けると決めた私は、彼らにとって邪魔な存在なのに、シャマーラさんは変わらず優しかった。それなのに私ときたら、想い花を咲かせられなかったことばかり悔いている。彼を信じきれなかった、だから咲かせられなかったのだ。

そんな風に落ちこむ私に、シャマーラさんは色々なことを教えてくれた。

宿営地に現れた三頭と一羽、それからレヴィ、すべて跡形もないことから、取り逃がしたらしいこと。私が咲かせた花のなかには、少ないものの間違いなく想い花が混ざっていて、けれどそれはリヒトの力になりえなかったこと。それから植物園でレヴィを封印していたサヴィエが、無事に宿営地に合流したこと。今はもう日が暮れて夜となっていて、このまましばらく私は、シャマーラさんの監視つきで軟禁される予定であることなど。

「……どうして私に、教えてくれるんですか？　私は、レヴィを逃がす手助けをしたんですよ？」

シャマーラさんは力なく微笑む。

「花純さまの咲かせた花がとても美しくて、私の胸に、どう表現したらよいのかわからないのですが、ぽかぽかと温かい気持ちが湧くのです。懐かしく、どこかに帰りたいような……郷愁、というものでしょうか」

「懐かしい？」

「はい。ここにいる兵士も私も、想い花は初めて見たのですが、そう感じる者が多くて。おそらくこれは魂……もしくは心の奥に、代々受け継いできた記憶なのかもしれません」

「想い花が、懐かしい記憶」

シャマーラさんの言葉を聞いていて、なんとなく故郷、日本の風景を思い浮かべた。

私は地方都市部育ちなのに、田舎の里山や稲穂が風に吹かれて揺れる景色には、どうしてかたまらない郷愁を感じる。もしかしたら父母やその先の、先祖から引き継いだ記憶が、そうさせてるのかなって考えたことがある。

それと同じように、この世界の人々の心の奥底にある原風景に、想い花がしっかりと刻まれているってこと？

「だから改めて、私は思ったのです。神託があなたを選んだことに、とても大切な意味があるのではないかと」

シャマーラさんの言葉が、私を夢想から引き戻す。

「聖教会としては、今までの方針を変えるつもりはないと、上から通達がありました。ですが私は、花純さまが選ぶ道も、見てみたい気がします」

私の選ぶ道、選びたいけれど、選んでいいのかわからない未来。

それはレヴィやアズたちと過ごす、植物園での穏やかな日々。ずっと続くと思っていた幸せ。

「さあ、まだお疲れでしょう。私は少し外しますから、どうぞもうしばらくお休みください」

考え込む私に、横になるよう促《うなが》すシャマーラさん。

「え、あの」

「大丈夫、ここは以前よりも結界を強めていますので、音すら漏れません、安心してください。たとえリヒトでも勝手に入ることができませんから」

何もかもお見通しのようで、今は彼女の厚意に甘えて休ませてもらうことにした。これからのこと、レヴィのこと、一人で考えたいことがいっぱいある。一人にしてもらえるなんてこと、本当ならあり得ないだろうに。

「シャマーラさん、ありがとう」

白い布に手をかけて退室しようとしたシャマーラさんに、そう声をかけると、彼女ははにかんだように微笑みながら「おやすみなさい」と返してくれた。


しんと静まり返った部屋で一人、ランプの灯りが作る影が踊るのを、ぼうっと眺めていた。

せっかくシャマーラさんにもらった時間なのに、考えても考えても、思考はあちこち散らかったまま。

ううん、思い浮かぶのはレヴィのことばかりで、他に何も考えられないというのが正解かも。彼が本当に魔王ならば、どうして植物園なんて営み、あんなに懸命になって苗を育てて、村に配って回っていたのか。あのレヴィの努力を、偽りだと思えない。

魔王を倒すための鍵が本当に想い花ならば、どうしてレヴィは今まで私を害することがなかったのか。むしろ危険を冒して、助けに来てくれて……

私が魔王なら、放っておくのに。なのにレヴィってば、いつも感謝の言葉ばかりを口にして、勘違いしてしまいそうなほど優しくて。大切にされて、こんなにも好きにさせられて……懐柔、されてるって言われても仕方ないくらい。

ええと……自分で言っててなんだか虚しいけれど。

「……はあ、レヴィに会いたい。会って、彼に直接確かめたい。でも」

ついそんな思いが口をついて出た。

「じゃあ会えばいいだろ」

どこからか、呟きに返事が聞こえてきた。

慌てて起き上がり、きょろきょろと見回すが、声の主はどこにも見当たらないし、誰かが入ってきた気配もない。

「……誰？」

今度は返事はなく、代わりに床のほうから物音がする。

ギシギシという音の正体を確かめようと、ランプを物音のするほうへかざすと、そこにぽっかりと暗い穴が開いているのが見えた。

そしてその穴から、ひょこりと伸びる、二本の白い耳……

「思ったより元気そうだな、花純」

ぬっと伸び上がる白いもふもふの身体、丸い頭から生える長い耳、赤い目。そして長いひげを揺らしながら、シシシと嗤《わら》う兎。

「……あ、ア、アズ？」

前歯を見せながらニヤリと笑い、非常識な巨大兎はいつものごとく二つ頷《うなず》く。

間違いなく……アズだ。

ってか、喋ったよね、今！

唖然とする私の前で、「よいしょ」と掛け声と共に穴から這い上がると、アズは二本足で立ち、クイと顎《あご》で穴を示す。

「支度しな、急いでここを出るぞ」

ハッとして、出入り口に通じるほうを見る。まだ気づかれた様子はないけれど、このまま長居すればアズの侵入がバレても不思議ではない。

でも私は動けなかった。

「どうしたってんだ、らしくねえな。会いたいんだろ？」

「だって、想い花がほんの少ししか咲かなかった……レヴィを信じきれなかったから？　き、嫌われたかもしれないと思ったら、こわくて会えないよぉ」

私の泣き言に、アズは「ハッ」と嗤《わら》った。

「いいから来い」

そう言って私を抱き寄せる。いや、私より二回り小さいから、彼が抱きついたようなかたちだ。ベストの隙間から頬に触れる毛が、柔らかくてお日様の匂いがした。

「しっかり掴まってろよ」

するとアズは私の足を抱え、担ぐようにして穴の中に飛び降りたのだった。

「わあ！」

慌ててアズにしがみつく。

竪穴は三メートルほどの高さだったと思う。アズの脚力で安全に降り立った底は真っ暗で、私にはどうなっているのかさっぱり。そこでアズは私を離し、ごそごそと動く。するとぽっと明かりが灯る。

どうやらランプを用意してあったようで、その灯ったランプを私に差し出した。

「持ってろ、俺はそんなものなくても見える」

「あ、うん、ありがとう」

身ひとつで連れてこられたのは、むしろちょうど良かったのかもしれない。

「こっちだ」

アズに導かれるまま、そこから伸びる横穴に進んだ。

穴の広さはアズにちょうど良いサイズで、私は頭を打たないように、身を屈めながら歩く。

後を追う私の視線の先には、アズの背中。ベストの上から巻かれたベルトには、いつか見た肉切包丁が二本、鞘付きでくくられていた。

「ねえアズ、どこに行くの？　植物園？」

「んなわけねえだろ、あそこは聖教会の人間が押さえてる」

歩みを止めることなく、ちらりと私を振り返りそう言う。

「レヴィんとこだ」

その名を聞いて、私の胸が締め付けられるように痛む。

「レヴィは、無事？」

「あいつが死ぬわけねえだろ、魔王だからな」

「ねえやっぱり本当なの……彼が魔王って」

「あ……まずっ、知らなかったのか？」

小ぶりな両手で口元を押えるアズに、「ううん」と首を振る。

「聖教会の人たちに、そう教わった」

「そうかよ。あー、ビックリさせんな」

がっくりと肩を落とす私に、アズは振り返って私の頭を撫でる。

「お、しまった。土まみれだった」

アズは自分の手が茶色く染まっているのに気づき、ベストの端で拭きながら、もう一方の手で私の髪についた土を落とそうとするけれど、そちらも土まみれで慌てている。

そんな姿に、なんだか深刻な私のほうがおかしいのかと思えてくる。

「アズは彼のこと、最初から知ってたの？」

「……」

「今さら喋れないふりして誤魔化さないでよ」

アズはふーっと、ひげを揺らしながらため息をつく。

「まあ、なんだ。先は長いからな、歩きながら話そうぜ」

「うん」

私たちは再び狭い穴を歩きはじめる。横穴は途中にいくつか分岐があり、周囲の壁が固められている様子から、ずっと前からここにある道なのではと眺める。

「あいつらの宿営地の辺りは、元々は俺の縄張りで、一族の棲家が地下にのびてんだよ」

「……へえ、そうなんだ」

アズに家族がいたなんて、これまで想像したこともなかった。

「一族っても、俺の孫のそのまた子孫だ。たまに借りるくらいはいいだろ。どうやら地下にまでは、あいつらの結界は効いてないみたいだからな。侵入は簡単だった」

「孫のそのまた、子孫？　そういえば、アズって三百歳のおじいちゃんだっけ」

「おじ……年寄り扱いすんじゃねーよ」

アズが振り返って、プンプンと怒った顔をする。でも頬を膨らませてさらに丸い顔になるだけで、ちっとも怖くない。

言葉遣いはガラの悪いオジサンだし、正体が魔物とわかってても、姿はどこから見ても兎。サイズがちょっとおかしいけどね。だからちっとも怖くないどころか、怒った顔も可愛いのだから困ったものだ。

「はいはい、ごめんって、機嫌なおして。先を急ぐんでしょう？」

「おまえが言うかよ」

不満を見せながらも、新たな分岐点でアズは鼻をヒクヒクさせ、迷路のようなたくさんの横穴のなかから、進むべき道を選ぶ。

それにしても、結界が地下までは効かないだなんて、予想外だった。まさか……シャマーラさんが、わざと地下を手薄にしてくれた？　まさかね。

でも今は、厚意だろうと罠だろうと、進むしかない。

「あと一時間も歩けば、いったん外に出る。その先にあいつがいつも通っていた祠《ほこら》がある」

「祠《ほこら》？　もしかして、封印の祠《ほこら》って教会の人たちが言っていた、祠《ほこら》？」

「そう。だが古くなって打ち捨てられたんだ。別の場所に移されたが、失敗したのか。崩れた元の祠《ほこら》が活きていて、封印のほころびとなってる」

「そこにレヴィがいるの？」

「いや……」

少しだけ考えるようなそぶりをするアズ。また喋らないつもり？　だけど問い詰める前に、アズは続けた。

「レヴィという形代《かたしろ》の男は、恐らくもういないかもな」

「……いないって、どういう意味？」

聞き返す声が、震えた。

「あいつは元の形に戻った。レヴィとして分離させていたものが、レヴィルス・イル・アポフィス、つまり魔王本体と同化した」

「同化って、レヴィがいなくなったってこと？　もう、レヴィに会えないの……!?」

愕然《がくぜん》として足を止めた私に気づき、アズが戻ってくる。

「会えないよぉ、って言ってたくせに」

「だって」

アズはじんわりと涙を浮かべ立ち尽くす私のそばに来て、呆れたように腰に手をあてて見上げる。

「完全に消えたわけじゃない。あいつは元々山に本体とため込んだ力を置いて、自我を分離していたんだ。膨張する力を破裂させないように、自分で花を集めることにしたんだと。花は魔の力を浄化するからな。まったく面倒なことだが、人間がちっとも咲かせなくなったからよ、俺たちだって困ってんだ」

「は、花？　人間？　え？」

アズがベストのポケットからハンカチを取り出し、私の鼻に当てる。

「鼻水垂らしてんじゃねえ」

「だって、レヴィが死んだかと思って」

「だーかーら、あいつは魔王だっつってんだろ、簡単に死んだら人間も苦労しねえだろ」

「うう、そんなの知らないもの！　違う世界から来た私に、無茶言わないでよ、馬鹿兎！」

私は悪態をつきながら、アズに抱きついて泣く。

アズだからってのもあるけど、私はここにきてようやく安心したのだと思う。

そんな私を嫌がるわけでもなく、アズは背中をそっと撫でてくれる。

「そう心配すんなって、魔王を殺せるのは今や花純だけだ」

「……なんでアズまでそんなこと言うのよ、私はレヴィを助けたいの！」

アズはまたシシシと鼻で笑う。

「比喩だって。人間の作り話でもあるだろ、恋に破れて世を儚《はかな》む、だっけ」

何それ、いつも冷静で穏やかなレヴィとは、結びつかないよ。

「魔王の性は嫉妬。あいつは独占欲の塊《かたまり》だ、だから俺を花純と喋らせなかったくらいだ。まあ俺は別に困らねえから従っていたが」

「嫉妬……？　まさか。レヴィの対極にある感情な気がするんだけど」

そう言ったら、アズは噴き出し、そしてシシとひげと尻尾を揺らしながら笑った。

「そりゃ、本性は山に置いてきてたから、なんとか隠しおおせていただけだ。村の男が花純に近づいただけで、実は右往左往してたんだぜあいつ。そのくせ花純は人間だから、いつかは手放す。そう言って手をこまねいていているんだから滑稽《こっけい》だってのl」

それって、もしかしてレヴィは、私のことを大事に想ってくれていたって、こと？

「あと、あれだ」

アズは再び両手を口元に当て、目を三日月にして笑いを堪えている。

「何、まだ何かあるの？」

「焼きもちだ。俺やケルベロスどもに……くくく、あいつ蛇だからよ、毛がねえだろ」

「……毛？」

「おまえがもふも～って言いながら俺たちの毛に顔を埋めるたびに……ぷくく、酷い顔を……ほんと面白えなおまえら」

堪えきれなくなって背を丸くしながら笑うアズ。

そ、そういえばレヴィ、「もふもふ」について難しい考察をしていたような……

「うそ、あれ焼きもちだったの？」

「ま、そういうことだから、心配すんな」

「じゃあ私、レヴィのそばにいてもいいの？」

「この先を見れば、嫌でもわかるだろ」

アズに促《うなが》されてランプを向けると、そこには小さな木戸があった。

「ここが出口だ、行ってこいよ花純」

私は頷《うなず》き、古びた木戸を押す。

通路よりさらに狭くなっている穴をくぐると、目の前に不思議な光景が現れた。

岩がむき出しの小さな崖、その足元に木造の小さな祭壇のようなものがある。崩れかけているそれが、アズやシャマーラさんが言っていた祠《ほこら》なのだろう。だけど私の目を引いたのは、その祠《ほこら》だったものではなく、周囲に散らばるいくつもの花。

数歩近づくと、カサカサと枯れた花束がいくつも積み重なっていた。

私は引き寄せられるかのように祠《ほこら》に歩み寄る。すると崩れそうな祭壇があり、そこには枯れてしまった黄金色のレヴィの薔薇と、その上に枯れかけた薄桃色の想い花が。

レヴィが花を届けていたのは、この場所だったんだ。それは、魔王としての自分を抑え癒すため――人々を守るために。

それだけじゃない。たくさんの想い花の上に、みずみずしい花弁が落ちていた。きっとこの新しい想い花は、教会の宿営地で私が咲かせたものに違いない。

ならばここに、レヴィが来たんだ。

私は周囲を見渡して、彼の姿を探す。

「レヴィ、どこ？」

耳を澄ますけれど、耳に届くのは吹き荒れる風と、煽《あお》られる木々の葉擦ればかり。

相変わらず暗雲が垂れ込めていて、月明かりすら届かない。不気味な空を見上げていると、突風が吹き周囲の枯れた花や落ち葉が舞い上がった。

しかしすぐに風は収まり、ぎゅっと閉じていた瞼《まぶた》を開くと、舞い落ちる枯れ葉の向こうに三頭の大きな犬が見えた。

「ヒイロ、アオ、ミツ！」

三頭は私の呼び声に反応して駆け寄り、大きな頭をすり寄せてくる。

最後に触った時よりも倍以上も大きくなった三頭に押され、よろけそうになりながらも彼らを両腕で抱き寄せ、再会を喜んだ。

「あなたたちが無事でよかった、ありがとう、レヴィを助けて逃げてくれて」

毛皮に顔をうずめながらそう呟くと、ミツが悲しそうな声で鳴く。

「……どうしたの？」

ミツだけではない、ヒイロもアオも、悲しそうな目をして私をじっと見る。

私は不安になり、彼の姿を探そうと再び周囲を見渡した。

「ここにいるのは、あなたたちだけ？　レヴィはどこ？　それにベルは無事？」

「やっぱり、遅かったな」

私たちの後ろで傍観していたアズが言う。

「遅かったって、どういう意味なの？」

するとアズはヒイロたちと向かい合っていくつか頷《うなず》き、最後には舌打ちまでした。

「もしかしてアズ、ヒイロたちの言っていることがわかるの？」

「だいたいはな。予想通り、もうレヴィのやつはここにいない。この場で祠《ほこら》に引き込まれるようにして消えたようだ。その後を、傷を負ったフェニックスが追ったとさ」

「祠《ほこら》の向こう？　アズと通ってきたような穴でもあるの？」

「違う。魔王の棲家は気脈みたいなもので、俺たちには通れない。魔王自身か炎に転じられるフェニックスくらいだ」

「ええと、わからないよアズ。つまりレヴィはどこに……」

アズは顎《あご》をクイッと上げて、後ろを振り返るよう合図する。

後ろには朽ちかけた祠《ほこら》と崖、それから……と視線を上げる。深い森がなだらかな稜線《りょうせん》を描きながら茂り、その先には樹木さえ生えない死の山の頂《いただき》。

今は低い雲がかかり、山頂は霞《かす》んでいる。

「この先には死の山しかないよね……まさか」

「ああ、そのまさかだ。会うなら山頂に行くしかないな」

「……そんな」

簡単に言われても、山頂まではかなりの距離がある。しかも、魔物の棲む危険な森を抜けた先だ。

戦闘能力の欠片もない私がどうやって行けばいいのか。たとえアズが同行してくれるとしても、切り抜けられるのだろうか。

じっとアズを見ると、彼は肩をすくめて言う。

「俺は行かねえぞ」

「えええー、なんで!?」

「面倒くせえ」

「は、薄情者！」

アズは私の抗議など素知らぬ顔で続けた。

「まあ、花純が行けば何とかなるって。送ってやんなケルベロス」

アズがそう言うと、ヒイロたち三頭が一斉に唸り声をあげる。そして彼らの身体の輪郭が崩れ、何が起こったのかわからない間に元の魔物の姿に変わってしまった。

つまり最初に会った時のような、頭が三つに身体が一つというケルベロスの姿に。

もうそうなってしまうと、植物園での可愛らしい子犬の姿とは似ても似つかない。口は大きく裂け、赤い舌が大きな牙の間から垂れて、目は暗闇のなかでこうこうと光を放ち、三頭が合体したせいかさらに大きな身体になって、私が見上げるほど。

「ヒイロ……？　アオ、ミツ。魔物に戻っちゃったの？」

恐る恐るそう尋ねると、名前に反応して私を見下ろす。そっと手を差し出すと、真ん中の赤い瞳をしたヒイロが、私の手をべろんと舐めた。

「私がわかるのは、良かったけど……前よりちょっと大きくなってない？」

「そりゃ、毎日喰って寝てたんだから、育つだろうが」

……そういうものなの？

なんだかよくわからないけれど、凶暴にならないなら良かった。

「じゃあおまえら、花純を乗せて連れてってやれ」

乗せて？

聞き返す間もなく、アオが私を服ごと口で掴み、彼らの背にぽんと放り上げた。

「わあああ！」

まるで馬の背に乗ったかのような高さ。でも毛皮がふさふさしていて柔らかいし、掴んでいれば何とか姿勢を保てそう。

アズがそんな私を見上げて、再びきな臭いことを口にする。

「さあ急ぎな。聖教会のやつら、一度追い返したくらいで調子にのってるようだ。早速動いたみたいだぜ」

「聖教会？」

強い風に吹かれて、時おり山肌を見せる死の山。じっと目を凝《こ》らすと、小さいけれどたくさんの灯りが列をなして動いている。

「まさか、魔王討伐隊？」

「それ以外にないだろうな」

「そんな、レヴィが死んじゃうの？」

「死よりも、もっと悪いことが起きる」

死よりも悪いこと？

「憎悪や憎しみは、新たな魔物を生む。人の心の闇の受け皿となった魔王が消えても、その感情がなくなるわけじゃねえんだよ」

「それって、ただ魔王を倒すだけじゃ、人間に明るい未来はないってこと？」

アズは片側の頬を緩ませて、私をじっと見た。

「不安はことさら伝播《でんぱ》しやすく、信頼は結びにくい。昔知り合った人間が言っていた。だが人が生み出す感情は、それだけじゃねえだろ」

「……うん、なら私は、広がる不安よりも早く、花を咲かせてみせる」

「ああ、その意気だ。さあ行け！」

「え、きゃあ！」

アズがケルベロスの太腿を叩くと、それを合図に走り出す。

ケルベロスは祠《ほこら》に向かって助走をつけ、一気に跳躍して崖を駆け上がる。衝撃で舌を噛みそうで、私は口を閉じるしかなかった。

そんななか、のんきな声が後ろから届く。

「帰ったら、俺の分も咲かせてくれよな、けっこう働いたからよ」

「もう、心の準備くらいさせてよね！」

あっという間に崖を蹴り上げるケルベロスの背で、必死にしがみつきながらアズのほうを見ると、小さくなる彼はのんきに手を振っている。

本当に性格悪いんだから、もうっ！

心の中で悪態をつきながらも、彼のおかげで踏ん切りがついたのも事実。

ずいぶん遠ざかったアズに、目一杯声を張り上げる。

「ありがとう、アズ。大好き！」

白い耳が、大きく動く。彼の顔は「ばか、やめろ」なんて叫んでいそうだけど、声は届かない。

さあ、もう後戻りはできないし、するつもりもない。私は絶対にレヴィと会う。

「ヒイロ、アオ、ミツ、お願いレヴィを助けたいの。私を彼のもとまで連れてって！」

ケルベロスが速度を上げる。

私たちは真っ直ぐ、死の山を目指して駆け上がった。

私を背に乗せながらも、ケルベロスはあっという間に崖と森を駆け抜けて、岩がごろごろと転がる地帯に入った。そこからはひたすら、山頂を目指して走っている。

ケルベロスの背から望む眼下には、村の明かりがちらほらと瞬《またた》いていた。農村の朝は日が昇る前に始まる。地平線が白みはじめ、藍から曙色《あけぼのいろ》に変わりつつある。そろそろ人々が起きてくる頃だ。

もし目を覚ました人々が、魔王の姿を目撃してしまったら……きっと大混乱になる。そうなる前に、何とかしないと。

一方山腹には、山頂を目指す人の列が見える。連なる列は、アズが心配した通り、武装した兵士で構成されている。

討伐隊の列と一定距離を保ちつつ、ケルベロスは直線距離を駆け上がる。

「急ごう、彼らより先にレヴィに会わなくちゃ」

ケルベロスは少しも疲れた様子を見せずに駆け上がる。

そうして討伐隊に見つかることなく、山頂の火口付近までやってきた。

遥か昔に噴火したという死の山の火口は、ぐるりと真円の口がぽっかりと空いていて、中に青い水を湛えたカルデラ湖がある。

「あそこに、本当にレヴィがいるの？」

誰に、というわけでもなくそう問わずにはいられなかった。

波紋ひとつない湖水があるだけで、レヴィの姿はどこにもない。彼に通じると信じた祠《ほこら》すら見つけられず、私たちはぐるりと囲う峰に沿ってうろつく。

そうこうしているうちに、討伐隊が来てしまうかもしれない。そんな焦りがこみあげる。

「こうしていても埒《らち》があかないわ。近くに行って様子を見てみるね」

ケルベロスから降りて、火口の水のそばに向かう。乾燥しきった山肌は崩れやすく、何度も足を滑らせながらも急な斜面を降りていく。

そうしてたどり着いた水面に足が浸かると、氷のような冷たさが肌を刺す。

「レヴィ？　どこにいるのレヴィ！」

水はぞっとするくらい青く澄んでいる。

じっと目をこらすと、湖の中央辺りの底に、祠《ほこら》らしきものが見えた。

浅瀬を歩いて行けないだろうか。そう思って数歩進んだ時だった。

「花純！」

呼ばれて振り返ると、討伐隊の兵士たちに追い付かれてしまったようで、山頂に多数の人影が見えた。その中から、リヒトが駆け降りてくる。

「お願い、リヒトは来ないで！」

「花純、なぜここにいるんだ、そこから離れろ！」

追いかけてくるリヒトから逃げるように、私は湖をさらに進む。

「ヒイロ、アオ、ミツ、お願い、彼を来させないで！」

水に足をとられながらも懸命に走る。

私の願いを聞き入れて、ケルベロスがリヒトとの間に立ちふさがるのを見て、ほんの少し安堵した矢先だった。

「……わっ」

どぼんという水音とともに、身体が水に沈む。どうやら急な深みにはまってしまったようだ。

——レヴィ！

悲鳴は水に遮《さえぎ》られ、心の中でレヴィに助けを求める。

深い湖のなか、見えるのは澄んだ水の青と、水面に透ける朝の空。どちらも同じ青で、区別がつかない。パニックになりそうななか、ほんのりと差す光が湖底を照らし、頭上に祠《ほこら》が見えた。

けれどそれはまだずっと遠く、手を伸ばしても届く気がしない。

息とともに、気力が逃げていく。

やっぱり、会えないのかな。

ううん、レヴィはもう私に、会いたくないのかもしれない。

そんな絶望に包まれた時、ふと周囲の様子がおかしいことに気づく。波ひとつなかった湖の底が、かすかに揺れている気がする。湖底の岩が崩れ、ゆっくりと湖底から泡が吹き上がる。

その時、何かが私の服の背を掴んだと思ったら、一気に水から引き上げられた。

「げほっ、ごほっ……あ、アオ？」

アオが私の服を咥《くわ》えて浅瀬に上げ、ミツが私をのぞきこんでいた。

「あ、ありがとう、溺《おぼ》れるところだった」

二頭にお礼を言っていると、ヒイロが唸《うな》り声をあげて周囲を警戒している。

すると大地が、大きな地鳴りを響かせながら揺れた。

まるで山自体が揺れているかのように、小刻みに振動が伝わり、私は嫌な予感がしてケルベロスにしがみつく。

「噴火するかもしれない。ここじゃ危ないよ、いったん離れよう」

すぐにケルベロスの背に乗って避難する。けれども私を追ってカルデラ湖に降りてきたリヒトがそのままだ。

「お願い、リヒトも一緒に連れてって！」

まっすぐ駆け上がろうとしたケルベロスが、走りながら弧を描き、リヒトのいるほうに方向転換する。

「リヒト、一緒に避難するよ！」

彼の横を駆け抜けるタイミングで手をさしのべるが、彼は私の手を取らなかった。

恐らく、魔物の力を借りることに、抵抗があるのだろう。けれども今はそんなことを言っている場合ではない。

自力でカルデラ湖から這い上がろうとするリヒトの後ろで、青かった水が白く濁り、盛り上がる。

「もう一度だけお願い、彼を置いていけないよ！」

ヒイロたちは一瞬躊躇《ちゅうちょ》したものの、再び引き返してリヒトのもとに向かう。

「リヒト、意地を張らないで私の手を取って！」

彼はまさか私たちが戻るとは思っていなかったのだろう。驚いた表情をして私を見返した。

けれど今度は拒否することなく、私の手を取る。

ケルベロスは私とリヒトを乗せて、崩れやすく急な斜面を飛ぶように駆けあがった。すると私たちが山頂に戻ったのとほぼ同時に、湖の水が轟音をあげ、噴水のように噴き上がる。

水蒸気の熱と、噴き上げられた石が次第に辺り一面を襲う。兵士たちが盾や魔法を使って防ぎながら、安全な場所を求めて火口から逃げていくのが見えた。

私はというと、ケルベロスの背から降り、周囲の様子をうかがっていた。その間、ケルベロスがその大きな身体で私を落石から守り、さらにそこに、リヒトが結界を張ってくれている。

そんな中、私は白い煙の合間に、黒く光るものを見た。

——きっと、レヴィだ。

「ヒイロ、アオ、ミツ、私をレヴィのところに……一緒に行こう」

再び彼らの背に乗る私の前に、リヒトが立ちふさがる。

「どこに行くつもりだ！　一緒に避難するんだ、花純」

「リヒト……あなたは下に逃げて」

私がケルベロスの首の毛にしっかり掴まると、それを合図として走り出す。

飛んでくる岩を避け、蒸気を越え高くジャンプした。

すると見えない力に引き寄せられ、私の身体がケルベロスから離れふわりと宙に浮く。

放物線を描くように落ちたケルベロスは、山頂の岩場に着地すると、不安げに私を見上げた。

彼らを安心させるように頷いてみせてから、私は勇気を振り絞って顔を上げる。

そこに、彼はいた。

火口から黒く噴き上げる炎のような、巨大な鎌首を持ち上げた蛇——まさに、魔王だ。

その大きな力の塊《かたまり》を目にすると、私の足はすくみ、背筋を汗が伝う。本能が危険を知らせる。

けれども、と私は彼の前で目を閉じる。

「……レヴィ、会いにきたの」

声は震えるけれど、私の偽りのない本心。どこまで伝えられるかわからないけれど、どうしても伝えたかった。

だから勇気を振り絞って瞼《まぶた》を開ける。

そして今度こそ、ありのままのレヴィ——黒い鱗《うろこ》をもつ禍々《まがまが》しい巨大蛇を見つめながら、ずっと伝えたかったことを口にする。

「今まで、レヴィがひとりで、すべての悪意を引き受けてくれていたんだね。ありがとうレヴィ」

私の声が届いているのかはわからない。でも蛇の頭は微動だにせず、私を見つめている。

「山の下の祠《ほこら》にたくさんの花があったのを見たわ。力を暴発させないために、いつも花を届けていたのね。それなのに私、レヴィが誰かに贈ってると思って、確かめもせず焼きもちを焼いてたの」

黒い瞳が、かすかに動いた。

「花を増やそうとしていたのも、みんなを守るためでしょう?」

——違う。

頭に、レヴィの声が響く。

——ただの保身のためだった。だがそれももう手遅れだ。逃げてくれ花純。

私は大きく頭を振る。泣きそうになるのは、レヴィが恐ろしいからじゃない、ようやく彼の声が聞けたから。

「私ね、不安だったの。どうしてレヴィは植物園の『あと』のことを心配してるんだろうって、私を突き放してるのかなって」

——ちがう、私は花純を道連れにしたくなかった。なのに離せなくて。

「うん、わかったよ。でもねレヴィ、こうして直接教えてくれなきゃ気づけないよ、レヴィは優しすぎるから」

だから私も、ちゃんと言葉にして伝えるね、レヴィ。

「私は、レヴィが誰よりも好き。ずっと一緒にいたい。だから、帰ろう？」

大きな鎌首に、ゆっくり手を差し出す。

——やめろ、私に触れたら花純でもただでは済まない。

その鼻先に両手を添える。触れた部分から皮膚が焼け、激しい痛みが走る。

それでもなお、私は彼に近づき、その鼻先に唇で触れた。

同時に魔力を解放する。

もちろん、私の使える魔法はただ一つ。

「これは、あなたのためにしか、咲かせられない花だよ。受け取って」

私と黒い蛇を中心に、薄桃色の花が一斉に咲き乱れる。魔王が吹き飛ばした水が、小さな無数の花とともに降り注ぎ、むき出しだった岩の山肌を覆っていく。

それと同時に黒い鱗《うろこ》にも花が舞い降り、花に触れた部分が、黒から金色に変化してゆく。

長い身体が輝きを帯びていくのに見とれていると、蛇の鼻先に添えてあった私の手の痛みが消え、一回り大きな手に包まれているのに気づく。

目の前にいるのは、もう黒く巨大な蛇ではなく——

「レヴィ……」

人の姿をしたレヴィがいた。

黒く染まった髪はすっかり元の金色に戻り、黒い瞳には生気が見え、そこに泣きそうな私が映る。

優しく微笑みながら、美しい声で私を呼んだ。

「花純、きみって人は、本当に無茶をする。失ってしまったらどうしようかと思った」

顔をくしゃくしゃにして泣きながら、私は彼の胸に飛び込む。

「レヴィ……レヴィ！」

ようやく、会えた。

名前を呼びながら私は彼にしがみつき、そして彼も応えるように、私の背中に腕を回し抱き締めてくれる。

もう離れない。

泣きじゃくる私の頬を拭いながら、レヴィが小さく笑った。

この世の全てが彼を魔王と呼ぼうとも、私にとってレヴィはレヴィでしかない。

こうして目の前にレヴィが居てくれるかぎり、私の胸に湧き上がるのは恐怖や畏《おそ》れではなくて、愛おしいという想いだけだ。

だからこんな状況でも、思いつくのはこんな問いばかり。

「どこも、怪我してない？」

レヴィは少しだけ首を傾げ、長い腕を私の背に回して抱きしめた。

ここが死の山の、山頂よりさらに上空だなんてことは、忘れそうな自然な仕草だった。

「大丈夫、ただベルが……」

「ベル？　そうだ、レヴィと一緒だってアズが言っていたよね、どこにいるの？」

「ここで寝ている」

レヴィが自分のシャツの胸ポケットを広げて見せると、その中で丸くなった小さな毛玉が見えた。

「よかったぁ」

そしてベルのそばに、あの時レヴィが握りつぶしたかと思っていた想い花が一輪、しまってあった。

「これ……持っていてくれたの？」

「花純の想いのひとかけらとともに、眠ればいいと思っていた」

私はもう一度、レヴィに抱きついて首を横に振る。もう離れないでと願いながら。

そんな私の想いを感じ取ってくれたのか、レヴィもまた抱きしめ返してくれた。

そうしていても身動きひとつしないベルが心配になり、もう一度ポケットの中を覗き込む。

「心配はいらない。また雛《ひな》からやり直さないとならないけれど、フェニックスは何度でも甦《よみがえ》るから」

よく見ると、小さな毛玉は規則正しい呼吸を刻んでいるようで、ふわふわの毛が上下に動いている。

「良かった……こんなに小さいのに、すごいのね」

「すごいのは、花純だ」

レヴィが再び私を抱き寄せる。

「見てごらん」

レヴィに促《うなが》されて火口を見下ろす。

宙に浮いた私たちのずっと下、カルデラ湖に落ちた想い花が、どんどん広がって山頂の土を覆い、山を薄桃色に染めていく。

私はもう、魔力を放出していない。だから花を次々に咲かせているのは私の力じゃないはず。

「花純の想いが、転換点になったんだ」

アズに約束した通り、不安と恐れが広まるよりも早く、花を咲かせられた。

はるか遠くの地平線から昇りきった朝日が、変わりゆく死の山を照らす。次第に明るくなる大地に、色とりどりの鮮やかさが灯る。

死の山を起点としたピンク色の想い花だけでなく、各地で様々な花が咲き乱れているようだった。

その美しさに見とれるかのように、レヴィが目を細める。

「死や恐れは忌《い》むべきものだが、同時に再生を促《うなが》す」

レヴィが静かに語りはじめた。

「死のない世に生はない。生が溢れるからにこそ、死は唯一の安らぎとなりえる。実をつけ種を落とし、葉が枯れるのは死にも等しいが、その死があるからこそ次の種が芽吹き、美しい花を咲かせる」

地中ですごす種は、決して死んだわけではないけれど、外から見れば生きてはいない。冬をすごす木々も、葉を落とし雪の中で枯れ枝となって春を待つ。

だけど人は……

「人は死んでも蘇《よみがえ》らない。だから恐れ、遠ざける。だがその恐れは工夫を生み、限りある生を豊かにしようとする。そしてより良い次がくることを祈って、命を繋ぐ。新しく生まれた命は、いくつもの優しさや愛の花を咲かせる。そうして世界はバランスを保っていたんだ」

私はレヴィに頷《うなず》いてみせた。でも彼が言う、未来に希望を託し命を繋ぐって、ある意味当然のことじゃない？

「なのにどうして、そのバランスが崩れたの？」

「恐れに打ち勝とうという思いが、強すぎたのかもしれない。生きるのに必要なものを求めるあまり、そうでないものを切り捨てすぎた。たとえば、食べられもしない花を愛でるような、そういう余裕を。そうして余裕をなくした心から、嫉妬や強欲さが育っていく。そういった想いが花ではなく魔物を生み、負の連鎖を生んでしまった。今までもそうした負の力が強い周期はあったが、きっかけがあれば簡単に転換するものだった。なのにここ数年、そのきっかけが失われていて……」

「きっかけって、どういうもの？」

「花純のように、花を咲かせる人のことだよ。そういう人がいると、絵の具が滲《にじ》むように想いが伝染し、次第に花が咲く。ほら、あそこを見て」

レヴィが指を差した場所は、死の山から南に降りた辺り。

他の地よりもずいぶんと早く彩りが大きくなって、そこから放射状に錦が広がっていっている。

「あれはチコル村。そして向こうは植物園がある辺り」

振り返ると、山を越えて反対側にひときわ広がる鮮やかな地帯があった。植物園と、その東のニルヘム村を中心に、森の広範囲まで花が広がっている。

「両方とも、花純が関わって花を咲かせた場所、人たちだよ」

「……私が？」

「花純の力は、ただ花を咲かせるだけじゃない。人に花を咲かせることを思い出させてくれる」

私の唯一の能力に、そんな大層な役割があっただなんて。

「一時はコンプレックスでもあったの。この世界に来る前には、花を咲かせるのが一番大好きな仕事だったはずなのに、リヒトたちの役に立てないことばかりが頭にあって、いつしかそれが引け目になって……それをもう一度、大好きでいいんだって思わせてくれたのはレヴィ、あなたよ」

レヴィが植物園に連れて行ってくれなかったら、今も花を咲かせていられたかわからない。

彼に出会えないまま、再び聖教会やリヒトたちに必要とされていたら、私は歪《ゆが》まずにいられただろうか。

「だから私だけじゃない。きっとレヴィがいてくれたから、花は咲いたのよ」

そう言って微笑むと、レヴィは目を伏せる。

「昔、サウロスが同じことを言っていた」

「サウロス？　植物園を作った人？」

レヴィは再び瞼《まぶた》をあけ、その漆黒の瞳に私を映して頷《うなず》く。

「彼と彼の恋人が、魔王本体と分化したばかりの私に、いろんなことを教えてくれた。いつか、私のために花を咲かせてくれる人が現れるようにと、あの植物園を……でも、ここまでのことは、予想していなかった」

「ここまでのこと？」

「爆発しない程度に力を削いでもらって、また百年くらい眠りにつけば充分だと思っていた」

眠りにつく？

「だから花純を縛ってはいけない、いずれは手放さねばならないと、戒《いまし》めていたんだけどな」

その言葉で、私の心に不安が押し寄せる。

そういえばと、アズが言っていた言葉を思い出す。

『花純は人間だから、いつかは手放す』ってまさかそういう……

じゃあ、レヴィは最初から私やアズ、植物園と離れる覚悟をしていたっていうの？

そんな私の不安を見透かしたように、レヴィが小さく笑った。

「どうにもならないくらい膨らんでいた黒い力が、どんどん抜けていくのがわかるんだ」

「え……力が抜けるって、レヴィ、死んじゃうの？　私のせいで？」

ショックを受けてそう叫ぶと、今度は肩を揺らしながらレヴィが笑った。

「レヴィ？　私、真剣なのよ!?」

「ごめん、そうじゃないよ、言い方が悪かったかな」

レヴィは笑顔で私の頬に手を添え、そして今度は真剣な面持ちで告げた。

「花純がいる限り、持て余す力を鎮めるために、眠る必要はないみたいだ。私はどう転んでも人間にはなれないけれど、これからも花純と生きていきたい。きみが好きだよ、ずっと一緒にいよう」

「……レヴィ」

ずっと欲しかった言葉を、もらえた。

嬉しくて「うん」と答えているつもりなのに、どうしても声にならなくて、何度も何度も頷《うなず》く。

レヴィはそんな私を抱きしめる。

そしてレヴィの唇が私のそれに触れるのを、再び吹き荒れる花吹雪が覆い隠していった。

エピローグ　スキンシップはほどほどに

私とレヴィは、死の山と呼ばれた山のはるか上空という信じられない場所で、互いの気持ちを確かめあった。

すっかり薄桃色……つまりピンクに染まった山はもう、「死の山」というには語弊がある状態。

一時は水蒸気を噴き上げるほどの爆発があったものの、すっかり穏やかさを取り戻している。

爆発と魔王の瘴気から逃げ出した討伐隊は、再び集まり下山を始めていた。

そんななか、レヴィと私が降りるのを山頂で待ち構えていたのは、シャマーラさんとリヒト、それから何人かの見知らぬ老人たちだった。

力を失ったとはいえ魔王と呼ばれたレヴィを、彼らが放っておくはずはないだろう。

緊張しながら降り立った私の前に、まず歩み出たのはシャマーラさんだ。

「花純さま、ご無事で何よりです」

シャランと装飾品の音を響かせながら、清々《すがすが》しい笑みでそう言われると、私としては拍子抜けもいいところで……

彼女とレヴィを見比べても、憎み合うような気配はまるでなくて……むしろ後ろで苛ついたような顔のリヒト一人が浮いていたほどだ。

「……ああ、そうか。きみはサウロスの」

レヴィが何かに気づいたように言いかけると、シャマーラさんがニコリと笑い、こう答えた。

「ひ孫です」

「やっぱり。ローザの面影があるね」

魔王が魔物を生み出しているのではなく、魔王もまた負の連鎖の中に囚われているにすぎない。

それがシャマーラさんが曾祖父サウロスから受け継いだ教えなのだそう。昔は聖教会の中に、僅かながらも賛同者がいたけれど、長く続く魔物との戦いの中で離散していき、それもまた想い花が忘れられる原因となった。

そしてシャマーラさんは私たちの前に跪《ひざまず》いた。

「花純さま、上手くいく確証もないまま、あなたの心ひとつにすべてを賭けると決めたのは私です。そのために辛い思いをさせ、あなたを危険に晒しました。どのような罰も受けます」

「え、ちょっと待って、シャマーラさん」

慌てていると、シャマーラさんの後ろに控えていた、シャマーラさんと同じような花の刺繍《ししゅう》の衣を纏《まと》ったお爺さんたちまでが、シャマーラさんに倣《なら》って膝をついていた。

「あの……私のほうが責められるかと思ってたんですけど。みんながレヴィを、魔王を倒したいって知ってたのに、私は彼を助けたくて」

どうしたらいいのかわからず、目を泳がせる。

するとただ一人、立ち尽くしたままのリヒトと目が合う。

「レヴィは、誰かにとって憎い相手かもしれないけれど、私にとってはかけがえのない存在です。だからもし赦《ゆる》されるのなら、レヴィと一緒に、また植物園で暮らしたい。ヒイロたちやアズ、それからベルとも」

彼の胸ポケットで静かに眠るベルの膨らみを見ながら、そばで支えてくれているレヴィの腕を、ぎゅっと掴む。

「それだけじゃなく、もしまだ暴れてしまう魔物がいるなら、私が咲かせた花を、うんと食べさせてあげたい」

シャマーラさんの反応を窺《うかが》えば、微笑みながら頷《うなず》いてくれた。

「花純」

すると、リヒトがためらいがちに私を呼んだ。

「……リヒト」

「もう、決めたんだな」

何について、と尋ねる必要はないと思った。

「うん」

リヒトは苦しそうな顔で言いよどみ、けれども何かを吹っ切るかのように、大きく息をつく。

「俺は、お前のために……」

「いつも、最善は何なのかと、そればかりに拘《こだわ》っていた気がする」

「そうだね。リヒトのこと、みんな信頼してたのは、そういう堅実なところだったよ」

「だけど結局、俺のそばには誰も残らなかった。独りよがりだったんだな」

リヒトの呟きは、同時に私の胸を突く。私もまた、独りよがりに彼に憧れ、ただ甘えていた。

「それでもやっぱり、俺はおまえが好きだった。守りたかったのは本心だ。それは信じて欲しい」

「……うん、私も」

私の反応が思いがけなかったのか、リヒトは驚いたように私を見返す。

そもそも二人とも、きちんと気持ちを伝えあっていなかったよね。そうする前に互いにすれ違っていたんだと思う。だから私も、ちゃんと伝えようと思った。

「ありがとう、リヒト。私もリヒトが好きだったよ。リヒトに会えて良かった。親切にしてくれたこと、全部忘れない」

リヒトの精悍な顔が、歪《ゆが》む。

きっと私はもっと、泣きそうな顔をしているに違いない。

初恋は、苦いものだと聞くけれど。本当だなあと身に染みた。

そうして——

結局、私たちは植物園での生活に戻ることを許された。きっとシャマーラさんやその後ろにいたお爺さんたちが、奔走してくれたに違いない。

あれから一ヵ月。

「花純、休憩時間になったのに戻らないから心配していたよ」

「ひゃわっ！」

まだ土を落としきっていない作業着のまま、迎えに現れたレヴィにお姫様抱っこのように掬《すく》いあげられていた。

そして頬に唇が下りてくる。

「ちょっと、待ってレヴィ、恥ずかしいってば！」

ぽんぽんと音を立てて、私たちの周りに想い花が舞う。

私設植物園とはいえ、人の出入りはちょくちょくあるこの頃。それに、復活した使役人形九番さんに、収穫した花をちょうど渡しているところだった。

私がびっくりして落とした花をキャッチする九番さんと、ばっちり視線が合った気がする……もしかして、ちょっと進化してない？

「誰もいないから、心配いらないよ」

「ベルだって見てるよ」

以前と変わらず、レヴィの肩がお気に入りのベルは、親鳥を慕うかのようにいつも彼とともにいる。

まあたしかに、使役人形たちはレヴィの一部みたいなものだから、彼は見られても平気なのかもしれないけれど、私はそう割り切れるものでもなくて。

ていうか、戻ってきて以来、レヴィのスキンシップが濃くなって、私はいつも目を白黒させて翻弄されるばかり。

なんだか悔しい……嬉しいけど。

「急ごう、今日のおやつはジェラートらしいから」

「え、本当？」

アズは最近、私から異世界料理をしきりに聞き出しては、試作している。

懐かしい味を楽しめるので嬉しいけれど、ちょっとしつこい。私もそんなに料理が得意なわけではなかったから、全部の作り方がわかるわけでもないし、しかも想像で言って失敗すると、ねちっこく責めるの。

ああ、無口で可愛いだけだった頃のアズが懐かしい。

ヒイロとアオ、ミツの三頭は、すっかり成犬らしくなり、力仕事にとっても役立ってる。あの後、融合したケルベロスからまた三頭の犬に戻ってよかった。アズいわく、この植物園でたっぷり花を食べていたのが良かったのかもって。

ベルは傷を負ってまた炎から復活したために、回復に時間を要した。けれども花はたっぷりあるし、一番すくすく育っている。


聖教会の人たちは、変化の荒波にもまれているところだ。

あのあと今まで通り魔物討伐派と、古い言い伝えを守るシャマーラさん一派との勢力争いのようなものがあったようだ。もちろん、想い花が咲いた後は魔物の多くがその力を失ったために、シャマーラさんたちが勝利した。

ということで、魔王の正体は一部の人間にしか知らされないまま、当面は監視されるのを受け入れることで、落ち着いている。

それでその監視なんだけど……

「なんだ、またおまえが来たのか……」

私たちの家の前で佇《たたず》む人影を見つけ、レヴィがあからさまに不機嫌そうな声を出した。

「うるさい魔王。迷惑を被《こうむ》っているのはこっちだ」

相手もまた、同じような態度だ。

「いらっしゃい、リヒト。ちょうどおやつを食べるところなの、一緒にどう？」

「花純、あいつは誘わなくていいから」

あからさまに嫌がるレヴィをなだめ、私たちは黄色い薔薇が咲き誇るアーチをくぐる。

リヒトは聖教会のシャマーラさんの手伝いをしている都合で、監視役として訪れるようになった。

レヴィと二人でいがみ合うそぶりをするけれど、本当にぶつかりあったためしはないので、心配はいらないと思う。たぶん。

リヒトはいつかまた旅に出るつもりみたいって、シャマーラさんから聞いている。それまではこうして元気な姿を見られるのは悪くないと思っている。

部屋に入ると、迎えてくれた三頭にもみくちゃにされながら、アズの新作に舌鼓《したつづみ》を打つ。

そうしながら、私はレヴィと春に備えて植える球根や、冬支度のことを話し合った。ニルヘム村だけでなく、各地にたくさんの花が咲くようになって植物園の役割は減ったけれど、私たちは手を休めることはしない。まだまだ私の知らない花や木があるし、せっかくだから多くの種を保存していこうと決めた。

そんな会話の合間に、リヒトから聖教会で得た魔物の情報を教えてもらう。

どうやらこの近辺で、翼の生えた大きな熊のような魔物が目撃されているみたい。ということはもしかしたら、近いうちに新たなもふもふが増えるかもしれないってこと。

熊さんなのに羽があるなんて、きっと可愛いに違いない。どんな花を好む子かな。

期待に胸を躍らせていると、突然レヴィが私の手を取り、微笑みながら指に唇を寄せた。

「わ、レヴィってばっ！」

案の定、過度なスキンシップに慣れない私の想い花が、リビングに、ジェラートの上に、じゃれあう三頭に、ベルが休む鳥籠の中に、そして呆れ顔のリヒトの頭にも降り積もる。

そんな中、レヴィが幸せそうに笑った。

「ごめん、花純を一人占めしたくて」

今日も植物園に、花の嵐が吹き荒れる。

きっかけは、冒険者パーティを追放されたこと。

色々あったけど、大好きな花ともふもふに囲まれて、魔王さまに愛されて、私は幸せです。

新＊感＊覚ファンタジー！

Regina レジーナブックス

自由気ままな
異世界ライフ!?

盲目の公爵令嬢に転生しました1～2

波湖《なみこ》 真《まこと》
イラスト：堀泉インコ

病弱だった前世の記憶を持つ、盲目の公爵令嬢アリシア。今世は全力で楽しもうと、転生ライフを満喫していた。それから月日は流れ、アリシアが16歳になったある日――「アリシア様、そろそろストーリー通りに進めましょう？」ひょんなことから出会った少女に、そんな気になる言葉を投げかけられて……お騒がせ令嬢の波乱万丈ファンタジー、いざ開幕！

詳しくは公式サイトにてご確認ください。

https://www.regina-books.com/

携帯サイトはこちらから！

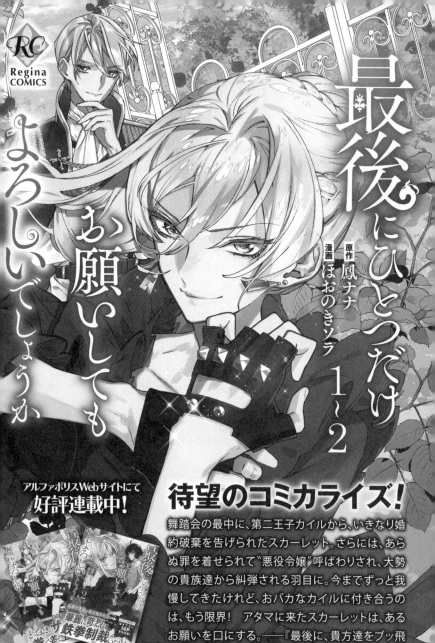

RC
Regina COMICS
令嬢はまったりをご所望。
1~2
原作 三月べに
漫画 梶山ミカ
アルファポリスWebサイトにて
好評連載中!
もふもふファンタジー
待望のコミカライズ!
過労により命を落とし、とある小説の世界に悪役令嬢として転生してしまったローニャ。彼女は自分が婚約破棄され、表舞台から追放される運命にあることを知っている。
だけど、今世でこそ、平和にゆっくり過ごしたい!
そう願ったローニャは、小説通り追放されたあと、ロトと呼ばれるちび妖精達の力を借りて田舎街に喫茶店をオープン。すると個性的な獣人達が次々やってきて――?
B6判・各定価:本体680円+税
大好評発売中!
アルファポリス 漫画
検索
令嬢はまったりをご所望。
2
三月べに
梶山ミカ
元悪役令嬢、
妖精ともふもふ獣人達に
囲まれて幸せ満喫中!?
三月べに
梶山ミカ
婚約破棄されたので
悪役令嬢
カフェ

この作品に対する皆様のご意見・ご感想をお待ちしております。

おハガキ・お手紙は以下の宛先にお送りください。

【宛先】

〒150-6008 東京都渋谷区恵比寿4-20-3 恵比寿ガーデンプレイスタワー8F
(株)アルファポリス　書籍感想係

メールフォームでのご意見・ご感想は右のＱＲコードから、
あるいは以下のワードで検索をかけてください。

アルファポリス　書籍の感想　検索

ご感想はこちらから

本書は、「アルファポリス」(https://www.alphapolis.co.jp/)に掲載されていたものを、
改題・改稿のうえ、書籍化したものです。

追放《ついほう》からはじまるもふもふスローライフ

小津カヲル(おづ かをる)

2020年 11月 5日初版発行

編集－渡邉和音・塙綾子
編集長－太田鉄平
発行者－梶本雄介
発行所－株式会社アルファポリス
〒150-6008 東京都渋谷区恵比寿4-20-3 恵比寿ガーデンプレイスタワー8F
TEL 03-6277-1601(営業) 03-6277-1602(編集)
URL https://www.alphapolis.co.jp/
発売元－株式会社星雲社(共同出版社・流通責任出版社)
〒112-0005 東京都文京区水道1-3-30
TEL 03-3868-3275
装丁・本文イラスト－縹ヨツバ
装丁デザイン－AFTERGLOW
(レーベルフォーマットデザイン―ansyyqdesign)
印刷－図書印刷株式会社

価格はカバーに表示されてあります。

落丁乱丁の場合はアルファポリスまでご連絡ください。

送料は小社負担でお取り替えします。


ISBN978-4-434-28016-0 C0093